超辺境貴族の四男に
転生したので、
最強スライムたちと
好きに生きます！
～レベル0なのになぜかスキルを獲得していずれ無双する!?～
JN100632
Omine
御峰。
Ill.パルプピロシ

キャラクター
ソフィ
セシルの妹。幼いながらに
多くの魔法を使いこなし、
鋭い一言を放つ場面も。
セシルのことが大好き。
リア
独占欲強めのセシルの姉。
とにかくセシルを溺愛している。
実は『教皇』を目指せるほどの
才能の持ち主。
セシル
とんでもない魔力量に恵まれ、
あたたかい家族と規格外スライムたちに
愛されながら異世界生活を満喫中。

LUKE

ルーク

セシルの父。英雄と呼ばれ、
若くして領主を任されるほど
優秀なだけでなく、
高い戦闘力を持つ
超絶イケメン。

MILE

マイル

セシルと付き合いのある
アネモネ商会の一人娘。
店番から査定、計算まで
すべてテキパキこなす
しっかり者。

SUIREN

スイレン

過去にルークが
封印した九尾。したたかに
セシルを説得し、
封印を解いて
もらうが…。

あうあう～
僕が手を伸ばすと、まん丸い
体の一部を手のように伸ばして、
僕の手と合わせてくれる。
や、やわらか～い～！
これはまた、たまらない感触だ！

超辺境貴族の四男に転生したので、最強スライムたちと好きに生きます！

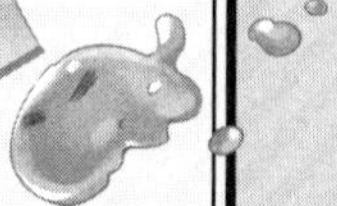

～レベル0なのになぜかスキルを獲得していずれ無双する!?～

Omine
御峰。

Ill. パルプピロシ

Cho henkyo kizoku no yonnan ni tensei shitanode saikyo slime tachi to sukini ikimasu!

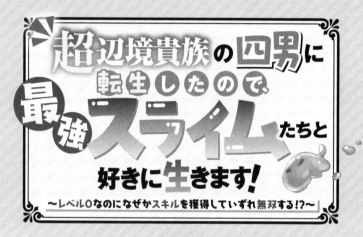

目次

第一章　転生と才能

自分のデスクに座り、暗くなった外を眺めながら、今日もか……と思いながら、ぷにぷにした癒しグッズを両手でもみもみする。

「あ……このぷにぷに感……たまんねぇ……」

思わず口にしてしまうくらい、今の僕には最高の癒しになっている。

勤務歴十年。大学を卒業して、初めて入った企業に勤め続けた。朝八時に出社し、退社するのは大体終電直前。広告代理店というのは聞こえはいいが、相手の無茶ぶりを聞いてそれを形にしていく仕事。毎日こういう生活が続いた。入社初年度こそ日曜日は趣味を楽しんでいたけど、今は会社への往復と、自宅で寝るだけの生活を送り続けている。

会社を辞めたいと思ったことは何度もあった。でも、紹介してくれた部長でもある先輩の顔を汚すこともできず――気付けば夢もなく、ただただ働き続ける日々を送っている。

はぁ……今日も終電か……。

オフィスのそれぞれの席にもまだ同僚がたくさん残っていて、中にはデスクに枕を載せて、眠っている人までいる。

見慣れた光景だし、僕もよくやるけど、これって普通に考えたらおかしいよな……。

はぁ……俺も少しだけ……寝ようかな……なんだか……今日はいつにも増して……眠い気がする……。

最近は、できるだけ仕事を終わらせて自宅に帰って寝るようにしているのに、また大きなプロジェクトの激務で、一週間、会社に泊りっぱなしの生活が続いた。今日はやけに眠気が酷く、食事をとる気力すらなかった。指一本動かせないくらい疲れ、僕はいつも通りデスクの上で眠ることにした。

◆

全身に伝わるのは温かい水の感覚。ふわふわ浮かんでいるようで、僕を包み込むぷにぷにした感覚がとても気持ちいい。

んん……ん⁉　んっ⁉

今まで感じたこともない全身の感覚に、驚いて目を開ける。そこにあったのは——。

「あら～。おはよう～、セシル～」

はあああああああああああああ⁉

そこには、本物の女神様よりも女神女神している、ブロンド髪の超絶美女が僕を見下ろしていた。

まるで、アニメに出てくるような色白で整った顔は、世界で一番の美女と言っても過言ではない。

「うふふ～。初めてのお風呂に驚いてまちゅか～？　だいじょうぶでちゅよ～。ほら～、温かいでしょう～？」

温かいのは問題じゃねぇよ！　なんでこんな美人に見下ろされてるんだよ⁉　あれか？　夢か？　僕は、夢で美女に見下ろされたいと願っていたのか⁉　しかも全身を洗われる……いや、決してそういうプレイが好きなわけではないはず。

こう見えても仕事や学業に勤しんでいて、女性と恋愛関係になったことなんてない。というか、なんか生々しい夢だな……？　僕の欲望って……外国人の美女だったのかと驚いた。

それにしても……くすぐったいっ！

「あうあうあ～！」

「うふふ～。気持ちいいでちゅか～」

「あうっうっあ～」

……へ？

「は～い。終わりましたよ～。すぐ拭くからね～？」

直後、何かで体を拭かれる感覚。

あっ！　待って！　そこ拭かないで！　ちょっと！　触っちゃダメだってば！

「あうあう！」

「うふふ～。気持ちいいのかしら～？」

ま、待っ……それ以上は……あ、あっ……。

「あら？　あはは～。気持ちよくて出しちゃったのね～、あらあら～」

そう言いながら、絶世のブロンド美女は、笑みを浮かべてまた僕を洗ってくれた。

必死に何かを伝えようと声を上げても、どうしてか僕の耳には赤ちゃんの声だけが聞こえた。


一か月後。


今の僕の状況を冷静に……冷静に説明しよう。

僕は――赤ちゃんになった。

今、お前は何を言っているのか、と思う人もいるかもしれないが、本当のことだ。

どうやら、絶世のブロンド美女は僕のお母さんらしい。名前はミラお母さん。お父さんは柔らかい赤い髪をなびかせた超絶美男子。名前はルークお父さん。

お父さんとお母さんは、僕が見てもお似合いのカップルだ。見た目だけでなく性格もよくて、お互いを何よりも大事にしているし、家族に対して深い愛情を持って接しているのがわかる。

家族というと、四つ上の兄、三つ上の兄、二つ上の兄、一つ上の姉、僕だ。

全員で七人家族で、お父さんは貴族という位みたい。

貴族ってなんだよ！　前世で三十二年生きてきて、貴族なんて聞いたこともないぞ⁉　いや、テレビで皇族なら聞いたことあるけど、貴族というより王室的なものだったから、貴族とかびっくりだよ！

俺が思っていた貴族って、もっとこう煌《きら》びやかなものだと思っていたけど、意外にそんなことなくて、質素な生活を送っている。

人々の髪色がカラフルなのもあり、洋風なイメージがあるんだけど、うちにメイドさんは一人もいない。

アニメとかでは、貴族＝メイドを雇うみたいなのあるよね？

まあ、お母さんは料理が上手なようで、毎日、食卓の料理は美味しそうだ。僕はまだ年齢的に食えないので、遠目で眺めるだけだ。

僕が、食事の風景を眺めていると視線に気付いたのか、お母さんがこちらを見つめる。

「うふふ。セシルったら、まだ早いわよ？　それにしても、セシルって食いしん坊なのかしら」

「赤ちゃんだし、匂いとか音に釣られているんじゃないか？」

お母さんとお父さんがゆっくり近付いてきて、僕の頭を優しく撫でてくれる。

自慢じゃないが、僕は良い子どもを演じている……うん。演じている。ちゃんと雰囲気を読んで、泣くべきところで泣くし、普段は静かに過ごしているのだ。

特に、食事中の家族団欒を邪魔しようとは思わない。

まぁ、中身は三十二歳だから当然といえば当然か。はあ……自分で言うのもあれだけど、自分のことを、おっさんだと言える年齢になったもんな。

毎日、会社に通っていたからか、歳をとった感覚すらなかった。

赤ちゃんに生まれ変わって、動くこともできず毎日ベッドで生活を送っているから、今までのことを冷静に考える時間ができた。

一か月も赤ちゃん生活をしてきたんだから、さすがに夢ってことはないよな。となると、僕は異世界転生をしたんだな……転生とかどこのアニメの世界だよ。

転生した理由を考えると……たぶん、過労死だよな。記憶に残っている最後の日は、やけに眠くて、我慢できず会社で眠ってしまったくらいだ。

まあ、いつか過労死するんじゃないかって思ってはいて、その前に退職しようと思い続けて十年も経過したんだな。

もし生まれ変わったのなら——今度こそ楽しい人生を送れるように、自分の気持ちに素直な生活を送りたいと思っていた。

赤ちゃんではあるが、精神年齢は大人だし、これから何事も冷静に対応だ……！

ふと向けた視線の先には、開いた窓から青空が広がっている。

どこまでも澄んだ美しいスカイブルーは、これから異世界でどんなワクワクが待っているのか、僕の心をくすぐってくる。

その時——そこにあるものが現れた。

……は？　お、お、お、落ち着け！　そんなはずはない！

窓から現れたそいつは、まん丸い大きな目で僕を見下ろしていた。ちょっと可愛らしい。

それにしても、転生してから見下ろされることばかりだな。前世でもいろんな意味で見下ろされていた気がする。それに気付けたのはいいが、もうどうでもいいことだな。

いやいやいやいや！　いまはそれどころじゃない！

窓から僕を見下ろすそれは——大きな水玉に目が付いた何かだ。

自分で言っておいて、何を言っているのか理解できない。

ひと言でいうなら、某ゲームに出てくるようなスライム的な？　いや、まんまスライムだな。

お互いに目と目が合って、数秒固まった。

いや、向こうは——曇りない笑顔で僕を見つめている。

いやいやいやいや！　待て待て待て待て！

スライムってあれだろう？　魔物的なあれでしょう⁉　僕ってまだ赤ちゃんだよ？　戦うなんてできないし、逃げることもできないし、声を上げることもできないんですけど⁉

「あああうあう～」

ほらよ！　この艶やかな可愛らしい声！

いや、そうじゃなくて！　早く誰かに助けを……体を動かし…………動かねぇえええええ！

そのとき、水玉はゆっくりと窓から壁を伝って降りてくる。

粘着性があるのか、壁をそのまま滑ってくる。

早く誰か……！

必死に両手両足を動かすけど、思った通りに動いてくれない。

「あうう～、あう～」

視界から消えた水玉は、やがて僕のベッドの中にまでやってきた。

ああ……赤ちゃんになって一か月。最初はお母さんにされるがままは恥ずかしかったけど、いつも優しく微笑んでくれる両親に、今世はちゃんと親孝行したいなと思った。

まだ喋ったことはないけど、お兄ちゃんたちもいて、お姉ちゃんもいて……なのに……僕の新しい人生は短く終わってしまうのか……。

後悔……ばかりだな。前世と同じじゃないか。いつかいつかと言いながら、結局は何もしないまま一生を終えた。

いやだ。こんなところで死にたくない！　だって僕は……まだ何もしてないんだ！　自分の意志で、自分のために、家族のために、誰かのために、楽しい毎日を過ごす！

その時、心の奥に何か燃えるものを感じ取った。

今まで感じたこともない熱いそれは、どんどん大きくなって、体の内側から外側に溢れでる。

僕の視界に、何やら黄金色の光が映り始めた。

これって……？　え……？

目の前のスライムが、嬉しそうに体を揺らし始める。きっと僕を食べようとしているんだろう。

食べられてたまるものか……！　絶対生き残るんだ‼

そのとき――

「セシルちゃん！」

扉から慌てたお母さんが現れる。その表情は、恐ろしいものを見るかのような表情だ。

お母さああああん！　た、助けて‼

「危ないっ！」

お母さんも危機感を覚えたようで、僕を守ろうと必死に走ってくる。

僕……生き残ったら、ちゃんと親孝行したいな。

真っ青な顔で走ってきたお母さんは――何故かスライムを無視して僕を見下ろした。

「セシルちゃん！　落ち着いて！　ほら！　ママよ？」

えっ⁉　お母さん⁉　僕、食われそうになっ……。

いつもの優しい手は、少し乱暴気味に僕の体を抱き上げる。

「ほらほら～、怖くないですよ～。ママが一緒にいるからね？　スライムに驚いちゃったのかな？　大丈夫でちゅよ～。だから魔力を抑えようね～、ほら～」

魔力って何⁉　どういうこと？　僕はスライムに食べられるとこじゃなかったの？

体の奥から、黄金色の光がどんどん溢れて、部屋中に広がり始める。

前世で、黄金に魅入られる人が多い意味がわかった気がするよ。お母さんの髪色も綺麗な黄金色だものな。

って、そうじゃなくて、今は魔力だのスライムだのが問題でしょう！

「いけないいっ！　どうすれば……っ！　そうだ！」

そう話したお母さんは——僕の顔を胸に近付けた。

……うん。さすがにこれは落ち着くな。

最初こそ恥ずかしくて死にそうになったけど、生きるためには仕方ないよね。ぷにぷにしてるそれのおかげで、心が落ち着く。

「ふぅ……やっと落ち着いてくれたわね……まさか子どもの頃から魔力の暴走が起きるなんて」

魔力の……暴走……？　いったい……何……を……眠ぃ……。

落ち着きすぎて、僕はそのまま眠りについた。


一か月後。

「あう～」

僕が手を伸ばすと、まん丸い体の一部を手のように伸ばして、僕の手と合わせてくれる。

や、やわらか～い～！　これはまた、たまらない感触だ！

「あうあう～」

僕のご満悦な声に、体を嬉しそうに揺らすスライム。

どうやら、この世界にはスライムが生きていて、スライムは普段は食べ物以外にまったく興味を持たないらしいけど、僕には興味津々らしい。

僕も、前世ではぷにぷに癒しグッズが好きだったので、スライムの体を触るのはとても気持ちいいし、相性はいいのかもしれない。

少しひんやりしていて、感覚は水のような液体を触る感じ。不思議とスライムの温もりも伝わってくる。

例えるならまるで――ごほん。それ以上はやめておこう。

スライムは、うちのペットになることが決定した。名前は僕が大きくなったらつける方向で決まり、お兄ちゃんたちも頻繁にやってきては、僕とスライムを撫でてくれる。

そんな、幸せで穏やかな日々を過ごして一年後。僕に――妹ができた。

妹が生まれてから変わったことは、姉さんのことだ。

姉さんは僕の一歳上で、今まではあまり関わらなかったけど、歩けるようになってからいつも僕のところにやってくるようになった。

僕のベッドは、転がって落ちないように周囲に柵があるのだが、いつも柵までできて「あう〜」って可愛らしい声を上げながら、僕に手を伸ばす。

僕も、お座りができるようになった頃から、手を伸ばして彼女の手を取ったりした。

不思議なことに、彼女の手を握ると、僕の手の中から彼女の手に、黄金色の光が移ったりする。

それは一方通行ではなくて、姉さんからもよく送られてくる。

その度に、彼女は嬉しそうに笑みを浮かべてくれた。

◆

「あう〜」

「「あう〜」」

僕と姉さんが手を伸ばすと、柵の中から右手を必死に伸ばす妹の手に触れる。

最近は歩けるようになった僕と、家の中を縦横無尽に歩き回る姉さんとはよくコンビを組んで、探検している。体の成長は遅いけど、僕は前世で歩く感覚があったから、歩くのにはそう苦労しなかった。

不思議と、妹にも手を触れると黄金色の魔力が流れる。

実は、これについても検証できた。

僕が、スライムを見たあの日に起こした魔力暴走。それによって、体の内側にある僕自身の魔力を感じることができた。ここは異世界らしいね。

魔力は、自由自在に動かすことができて、体の内側でどんどん動かしたりして、無意識に姉さんに送っていたみたい。姉さんも無意識で僕に送り返していた。

そして、妹もまた同じことをやっている。

温もりが伝わって、赤ちゃんのお遊びみたいだから楽しい。

最近は僕の、「あう〜」って言葉を、「あう〜」って言葉で返してくれる姿が、とても愛おしい。何故か姉さんも一緒に返してくれるんだけどね。

妹も姉さんも綺麗な金色の髪をしているし、赤ちゃんでも可愛さがわかるので、きっとお母さんのように美しい女性に成長しそうだ。

それとスライムは、毎日僕を見守ってくれるし、どこにでも一緒についてきてくれる。

僕が初めて立とうとして上手くいかずに、尻もちをつきそうになったとき、一瞬でクッションの代わりになってくれた。

いつも一緒にいてくれるこの子は、もはや家族同然だ。

そんな、のほほんとした異世界ライフを送りながら、僕は赤ちゃんからすくすく成長した。

そして――異世界に転生してから五年が経過した。

◆

「スラちゃん！　行ったよ～！」

返事はないけど、「らじゃ～！」って気配が伝わってくる。

角が生えた小さな猪が僕から逃げる。猪が逃げた先に三匹のスライムが待ち構えていた。

ぼよ～んと勢いのある音を立てて飛び跳ねて、ジ〇ットス〇リームア〇ックを仕掛ける。

ぽよん～、ぽよん～、ぽよん～、と三回音が響いて、子猪がその場で目が×になって倒れた。

「みんな～！　お疲れ～！」

三匹のスライムだけでなく、他にも待機していたスライムたちが、茂みの中から一斉に出てきて、僕の方に近寄ってくる。

「うわあ⁉」

僕の全身にスライムたちがくっついて、ぼよんぼよん～、ぷよんぷよん～、と音を響かせる。

五歳になった僕は、体もしっかり成長して、十匹のスライムがくっついても大丈夫なくらい大きくなった。

人族に興味がないというスライムだけど、何故か僕にはものすごく懐いている。

さらに、最初こそ一匹しかいなかったスライムだけど、スライムがスライムを呼び、この五年で三十四に増えた。

スライムに名前をつけようとしたけど、気付いたら数が増えてしまって、どのスライムがどのスライムなのかまったくわからなくなって、名前をつけるのは諦めて統一して「スラちゃん」と呼んでいる。

子猪の狩りを頑張ってくれたスラちゃんたちを撫で撫でしてあげ、スラちゃんたちが子猪を担いで村に戻る。

空をすっぽり覆うほどの木々が茂っている森は、うちの村の東にある森だ。

前世と比べると、驚くくらい動物が多い。ううん。動物ではない。彼らは『魔物』と呼ばれる生物で、倒して食用肉にしたり素材にしたりするが、その分彼らに襲われる被害もある。

森から、スラちゃんたちと村に戻る。

うちの村は家が百棟くらいある五百人規模の村だ。子どもはうちだけでも六人いるくらいなので、他の家も子どもは多くて、二百人を超えている。

「ただいま～」

「セシルちゃん⁉　また狩りに行ってたの？」

ものすごく心配そうな表情で走ってくるのは、絶世の美女……でもある僕のお母さんだ。

五年経った今でも、彼女が母だという実感があまりない。だって、精神年齢では彼女より年上だからね。

「セシル！　ケガはしてない⁉」「お兄ちゃん！　ケガはしてない⁉」

お母さんの陰の左右から現れたミニお母さん――じゃなくて、お母さんの娘であり、顔から髪色、雰囲気までもが全てが似ている二人の女の子が、僕に飛びついてくる。

「ケガなんてしてないよ？　スラちゃんたちが強いから！」

「もぉ……セシルちゃんはまだ五歳だよ？　開花だってしてないのに狩りだなんて……」

「スラちゃんたちの運動にもなるし、美味しい肉も食べられるから！」

心配そうに溜息を吐くお母さん。赤ちゃんのときに魔力の暴走を起こした僕に、いまだに過保護になっている。魔力の暴走は、魔力を多く持つ子どもがまだ安定する前に起こすもので、一度暴走したら確実に死んでしまうみたい。あのとき、お母さんが慌てたのはそういう理由だった。

あれから、姉さんや妹のおかげもあって、魔力の操作はずっと練習してるから、もう暴走なんてしないけど、お母さんにとってはずっと危ない子どもで、だからこうして過保護なままだ。

「それに――明日には『開花式』があるから、神様にアピールしておかないと！」

そう！　異世界は、魔物や魔力があるくらい夢に溢れた世界で、なんと！　レベルやスキルなんてものが存在する。そのスタートとなるのが『開花式』なのだ。

「セシルちゃんって……たまに変なこと言うわね」

「お兄ちゃん？　アピールするとどうなるの？」

「きっと神様が頑張ったねって、いい才能をくれると思うよ！」

「そっか！　じゃあ、私も頑張る！」

「うんうん。ソフィも素晴らしい才能を開花すると思う」

「えへへ〜」

頬を膨らませているリア姉は、すでに才能を開花させてしまったからな。どんな才能を持っているかは知らないけど、きっと素晴らしい才能だと思う。なんたってお母さんの娘だから。

お母さんたちと話していると、今度は赤い髪の超絶イケメンのルークお父さんと瓜二つ……いや、瓜三つ（？）の、お父さんにそっくりな男の子三人も一緒にやってくる。

「セシル〜！　また肉を狩ってきたんだね」

「うん！　兄さん！」

長男のノア兄さん。後ろから次男のオーウェン兄さんと、三男のジャック兄さんも苦笑いを浮かべて、スラちゃんたちが捕まえてきた子猪を見つめる。

その後ろで、お父さんが誇らしげに笑う。

兄さんたち三人は、お父さん似の赤髪赤目のイケメンで、全員が剣術の才能を授かったようで、毎日、稽古を頑張っている。いずれ強い剣士になれると、お父さんは嬉しそうに言っていた。

僕も剣術系の才能を授かったら、兄さんたちと一緒に剣術の訓練を受けるだろうし、魔法系ならお母さんに教わることになるだろう。

開花式で授かるのは、厳密にはレベルやスキルではない。『ステータス』という自分の潜在能力であり、ステータスを開花すれば、その人の潜在才能やレベルが解放され、さらにレベルを上昇させることでスキルを得ることができる。

ちなみに、これらの情報は全てお母さんから聞いている。お母さんは美貌だけじゃなく、どんな質問にも答えてくれる、歩く百科事典のような人だ。

明日の開花式で、僕はどんな才能が目覚めるのかとても楽しみだ。

せっかくの異世界。自由に楽しく堪能できるといいなと思いながら、自分が転生した意味はなんだろうと思ったり、強い才能を授かって、心躍る冒険を想像してみたりするだけでも毎日が楽しい。

スラちゃんたちが倒してくれた子猪も、美味しい晩御飯になった。

翌日。

家族全員がソワソワした朝を迎え、朝食を食べてから僕は、ある場所にやってきた。十字架はないが、前世でいう教会みたいなところだ。

中には、美しい女神様の像が建てられている。創造の女神『アテニブル』様である。

多くの村民や家族に見守られる中、祭壇に立つお母さんの下《もと》に、ゆっくり歩き出す。

お母さんは、聖職者系の才能を持っているようで、生まれて五歳を超えた子どもを開花させる力を持っている。

余談だけど、こうして開花させられる才能を持つ人も少なくて、都会ではお金を払わなければならないのだとか。うちのお母さんは、村の子どもたちには一切見返りなんて求めないのが素晴らしいと思う。お母さん曰く、「子どもは未来への希望」。そう言うだけあって、子どもをとても大切にしてくれるのだ。

天井窓から差し込むひと筋の光が、祭壇の前を照らす、僕はそこで跪《ひざまず》いて頭を下げた。

「──汝、セシル・ブリュンヒルドに女神の加護があらんことを」

お母さんの綺麗な声と共に、両手から眩《まばゆ》い光が溢れ出し、僕を包み込む。

心の奥から、激しい炎のようなものを感じる。まるで魔力の暴走のときのような。でもあのときの荒々しさとは違い、力強く僕を奮い立たせてくれるかのようなものだ。

僕を包んでいた温かい光が、消えたのを感じて目を開ける。すると、目の前に淡い水色の一枚の画面が視界に入る。

空中に浮かんだままのそれは、通称【ステータス画面】である。まるでゲームのウインドウのようなその画面は、自分にしか見えない画面だ。もちろん誰かの画面を見ることもできない。

さらに、画面に書かれていることは、基本的に口外しないように言われている。個人情報で

もあり、場合によっては悪意に晒されてしまうからだ。

中には、情報を教えろと強要する親もいるらしいが、うちの親は勉強のために系統しか聞かない。これは普通のことだ。

ワクワクする心を躍らせながら、画面に書かれた文字を覗き込んだ。

…………。

…………。

…………。

「へ……？　レベル……0《ぜろ》？」

僕は、思わず声を上げてしまった。

そこに書かれていたのは、ありえない数字だったから。

レベル：0／0
才能：無
魔力：999999

スキル：なし

教会内に、どよめきが起きる。

誰よりも目を大きくして驚くのは、僕でもなくきょうだいでもない、お母さんだ。

祭壇の上から、目を丸くして僕を見下ろしていたお母さんの目に、大きな涙が浮かんだ。

それが嬉し涙ではなく、絶望に等しい涙なのは、言うまでもなかった。

僕よりお母さんを宥《なだ》めることの方が大変で、レベルが０だったことなんてどうでもよくて、その下に書かれている『魔力：９９９９９』という部分を伝えることもなく、家族みんな、無言で家に帰ってきた。

テーブルには、事前に準備してくれた美味しそうな食事がたくさん並んでいて、どんな結果だろうと祝ってくれようとした雰囲気を感じた。ただ、たった一つの結果以外は。

肩を落とすお母さんを、なんとか椅子に座らせて、僕たちはテーブルを囲んだ。

当然だけど、お母さんだけじゃなく、家族みんなが肩を落としている。

僕は、さっそく目の前の美味しそうな骨付き鶏肉を手に取り、口に運ぶ。

「お母さん！　すっごく美味しいよ！」

「セシルちゃん……」

「いや～、僕の開花を祝って美味しいご飯を作ってくれて、本当にありがとう～！」

そう言っても、お母さんの目からは大粒の涙が零れる。

「ごめんなさい……私なんかがセシルちゃんの開花をしてしまったせいで……」

いやいや！　そんなことないから！

開花式。人生を決めるといっても過言ではない、異世界ではもっとも大切な式だ。

僕の才能は『無』。何もない。才能がないからレベルもない。だからレベルも０だ。

それによる弊害は――スキルを獲得できないこと。

レベルはなくても、せめてスキルがあれば、あれやこれやできたはずなのに、まさかのスキルを獲得することもできない。

思わず「レベル０」と声を上げてしまって、僕一人で抱えればいいのに、お母さんにも家族にも村民にも伝わってしまった。

お母さんは、開花させた人としての責任を感じてしまって、絶大なダメージを受けて落ち込んでしまい、ずっと涙を流している。

「お母さんのせいじゃないよ？　それにレベルが上がらなくても……なんとかなるよ！　うん！」

いや、才能やスキル、レベルが全ての世界で、レベルがないことがどれくらい大変なのか、容易に想像できる。

しか～し！　僕にとってはどこか他人事なんだよね。だって……なんだかゲームみたいな感覚というか、ステータス画面とかスキルとか前世だとなかったし。

それに何より気になるのは――『魔力９９９９９』。ただし、スキルがないので魔法は使えない。

……うあああああ！　僕の人生真っ暗!?　ん？　でも僕は赤ちゃんの頃から、魔力の操作は繰り返していて、魔力の暴走にならないようにできたんだよな……スキルがないのに魔力って操作できるものなのか？　というか、そもそも魔力って、才能を開花したときに手に入れるもののような気が……？

ひとまず考察より、落ち込んでいるお母さんを慰め続ける。

そんなとき、ふとソフィが口を開いた。

「ん～、お母さん～？　レベルがないとダメなの？」

おふ。火に油を注いじゃったよ！

ほら！　お母さん、もっと泣きそうになってるよ！

答えられないお母さんの代わりに、リア姉が答えてくれる。

「ソフィ？　レベルがないとスキルは手に入らないし、強くなることもできないの……」

「う～ん？　それってセシルお兄ちゃんが、強くなれないってことぉ？」

「そ、そう……ね……」

リア姉も辛そうな表情を浮かべる。

無理もない。今日は、みんな僕を祝ってくれようとしていたから。僕とソフィ以外は完全にお通夜ムードだ。兄さんたちもみんな口を閉ざして落ち込んでいる。

家族のみんなが気持ちを汲み取ってくれて、悲しいときに一緒に悲しんでくれるだけで、僕はこの世界に生まれ変わってよかったと思う。

前世では、家族とまともに話したこともない。段々仲が悪くなった両親。父は、浮気が原因で帰ってこなくなり、母は、酒に溺れて毎晩どこか遊びに行っていた。経済面では満たされていたはずの両親だが、心が満たされず喧嘩が絶えなかった。

僕一人残された部屋で見たアニメには、いつも困っている子どもを助けてくれるヒーローが映っていた。いつかそんなヒーローのようになりたいなんて思ったこともあったけど、現実はそう甘くなかったな。

大学時代も、卒業して会社に入ってから十年間も、時間に流されたのは家族から逃げる口実を探していた……のかもしれないな。

そう思うと、ブリュンヒルド家の人たちは本当に心温かい。

「みんな！　そんな悲しい顔をしないで？　僕のことを思ってくれるのはすごく嬉しいよ！でも、僕のためにみんなが悲しむのは、少しだけ辛いかな？」

「セシルちゃん……そうね。赤ちゃんのときだってセシルちゃんは乗り越えたものね！　これからだって何があるかわからないわ！　レベルがなくたって家族が一丸となれば、何でもできるはずよ！」

「そ、そうだな！　今でもこのセシルが……信じられないが、これもまた女神様が与えた運命かもしれない」

少しずつ、みんなの表情が明るくなり始めた。

うんうん。やっぱりみんな笑顔がいいよ。レベルがなくたって死にやしないさ！　これでも十年間、超ブラック企業で働いた実績があるんだ！　レベルが0だって気にしない気にしない！

「う～ん」

そんな僕たちの雰囲気に、ソフィの不思議がる声が水を差す。

「ソフィちゃん？　どうしたの？」

「お母さん？　私、よくわからないことがあって……」

「よくわからないこと？」

「セシルお兄ちゃんは、レベルがなくて強くなれないから大変なんだよね？」

「そ、そうね」

「う～ん。あれれ～、おかしいな～」

一瞬、ドキッとする。

なんだその台詞。どこで学んだ⁉

……ちょっとした出来心で、僕が言ったことを覚えていたみたいだ。

「ソフィちゃん？　何がおかしいの？」

「だって――」

そして、ソフィから衝撃的な言葉が放たれた。

「だって、お兄ちゃんって今でも、ものすごく強いんでしょう？　強くならなくてもいいんじゃないの？」

えっ……？

僕を含む全員がポカーンとして、ソフィが何を言っているのか理解できずにいた。

「だって、お兄ちゃんって、今でも魔物倒せるし〜、スライムたちに大人気だよ？　なんか今日はいつもよりも集まってるよ？」

ソフィが指差した窓の外。

そこにはスライムたちが――何匹もタワー状になって、窓から僕たちを見つめていた。

いやいやいやいやいや！　いくら可愛いとはいえ、そんなにぎゅうぎゅう詰め状態で、窓いっぱいに並んでるとホラーだよ⁉

『見て見て〜。私たちに気付いたよ〜』

『前よりもっとイケメンになったわん〜』

『あのオーラ～、美味しそう～』

『いつになったら食べさせてくれるのかな～。楽しみだな～』

『早く私たちを使役して欲しいな～』

…………。

…………。

僕はおもむろに耳を塞いだ。

「セシルちゃん？」

耳を塞いでも、無数の声が頭に直接響いてくる。声っぽい念話って感じ。

「……お母さん。これから変なこと聞くね？」

「うん？」

「魔物って——喋れるの？」

「う～ん？　喋れないわよ？　でも魔物同士では話したりするみたいね」

「魔物の声が聞こえる人とか、聞いたことはない？」

「ないかな～。貴方も聞いたことないですわよね？」

お父さんも大きく頷いた。

溜息を一つ吐いて、またスラちゃんたちを見つめた。

『またこっちみたよ～、わ～い！』

『やっぱり凛々しくなって〜。イケメンやわ〜』

『本当にイケメンだね〜！』

やっぱりこの念話って、お前たちなのかよぉおおおお！

スラちゃんたちに手を振ってみる。

『きゃ〜！　こっちに手を振ったわ〜。可愛い〜！』

『うふふ！　そろそろ僕たちにご飯をくれるかも！』

『『『楽しみ〜！』』』

想像していたスラちゃんたちと、あまりの違いに頭が痛くなる。

それはそうと、今日のスラちゃんたちは、ものすごい数が集まっている。

どんどん増えて、三十匹となったスラちゃんたちは、毎日うちにいるわけじゃなく、出かけては戻ったりを繰り返している。

そんなことより、彼らが話す「ご飯」という部分が気になる。

「お母さん〜、スライムのご飯って何かわかる？」

「スライムの？　スライムは何でも食べるでしょう？　だからいろいろ食べてくれるのはありがたいんだけど、急にどうしたの？」

「う、ううん！　なんでもないよ！」

そう。

スライムの常識の一つに、彼らのご飯は——いわゆる、ゴミを食べてくれるのだ。ゴミというか何でも食べるんだけど、完成した食事や食材は食べない。それもあってスライムと村民たちは共存している。

「それにしても、今日のスラちゃんたちは、なんだか興奮しているみたいね～」

「みんなの視線が、セシルに向いている気が……」

あはは……うん……気のせいじゃないよ?

「ふふっ。ソフィちゃんの言う通りね。セシルちゃんはスラちゃんたちに愛されているし、それだけ魅力があるから大丈夫そうね！」

「うん！　お兄ちゃんはかっこいい～！」

「セシルは世界で一番可愛い！」

リア姉とソフィの視線も熱い……。

うちは、お母さんとリア姉とソフィに権力が集中しており、お父さんと兄さんたちと僕は影が薄い。今も兄さんたちは、みんな苦笑いを浮かべているだけだ。

でも、みんな心優しくて、何かあるといつも心配してくれる。とくに僕が、リア姉とソフィに追いかけ回されていることとかをね。

雰囲気も明るくなったので、お祝いのために作ってくれた美味しい食事を堪能する。

お母さんは絶世の美女であり、才能の中でも珍しいと言われている回復魔法が使え、料理も上手い。うちのお母さんは最強すぎるっ！

いろんなことがあったけど、食事会を楽しんで、その後、お母さんとリア姉とソフィで、リビングに集まった。

お父さんたちは、スラちゃんたちが暴れないか、見張ると言って外に。

それにしても、今まで集まっていたスラちゃんたちより、数が多い気がする……？

「じゃあ、さっそく調べさせてもらうわよ～！」

張り切るお母さん。何をするかくらい予想がつく。

お母さんは、右手を丸めて、望遠鏡みたいにして僕を覗いてきた。

「へ⁉」

僕を見た瞬間に目から手を外して、目を瞑《つむ》り顔を左右に振る。

綺麗な金色の髪が波を打つ。それすら絵になるお母さんだ。

「お母さん？　どうしたの？」

「も、もう一回！」

そして、お母さんは、また同じく右手を丸めて僕を覗き込んだ。

「そ、そんな……？　セシルちゃん……？　本当にレベル０なんだよね？」

「うん。そうだよ？」

「……そんな……ありえないわ」

ありえない……？

「セシルがどうしたの？　もしかして魔力が見えるの？」

「……リアちゃん。ソフィちゃん。これはセシルちゃんのステータスになるから、席を外してくれる？」

「「え～やだ～」」

「ダメよ？　いくら家族といっても、ステータスのことは気軽には教えちゃいけないわ」

「じゃあ！　私の先に教えるからっ！　ソフィは出ていっていいわよ」

「酷いっ！　お姉ちゃんばかりズルい！　私だって来年お兄ちゃんに教えるんだからっ！」

「こら～二人とも！　ダメだってば～！」

……めちゃくちゃ可愛い猫たちが、餌をめぐって喧嘩しているみたいだ。

「ごほん。お母さん？　僕は大丈夫だよ。家族は信頼しているし、正直……家族に嫌われるなんて想像もしたくないんだ」

「セシルちゃん……わかったわ」

諦めたように、溜息を吐いたお母さんが続けた。

「セシルちゃんの魔力……外にまで漏れ出ているわよ。しかも、私には見たこともないくらいすごい量だわ。セシルちゃんは、すごい魔力を持っているかもしれないの。ステータス画面ではどうだった？」

……うん。思い当たる節しかありません。『魔力999999』。

お母さんから事前に教わった数値というのは、普通の魔法使いの魔力数値は1000。上級魔法使いでも5000。魔法最上級才能の賢者だと20000とかだと教わった。

賢者の五十倍だ……。

「う、うん。魔力は少し高いかも？　レベルとスキルがないから使えないと思うけど」

「そうね……せっかく魔力があるのに、使えないのは残念ね。でも問題はそれじゃないわ。これだけ魔力を垂れ流していると、いずれセシルちゃんの魔力が空になって命が危ないし、他の人にも見えてしまうから狙われかねないわ！」

……あ。それか。お母さんの心配をよそに、僕はすでに狙われている。そう――家の外に無数にいる――

「うわあああああ⁉　ミ、ミラぁぁぁぁ！　スライムたちが集まりすぎて大変だあああああ！」

外から、お父さんの悲痛な叫びが届いた。

慌てて、外に向かうお母さんの後ろを追いかける。

『きゃ～！　出てきたわ～！』

『イケメン～！』

『可愛い～！』

う、うるさっ⁉

外に出ると――とんでもない数のスライムたちが集まっていた。

建物に寄りかかったりはせず、物を壊そうとはしていない。文字通り、集まっているだけ。

「い～ち、に～い、さ～ん、よ～ん」

ソフィが数え始める。

「多くて数えられないよぉ～」

うん。だと思ったよ。いったい何匹のスライムが集まっているんだ……？

まるで泉でも見ているかのように、村中がスライムだらけになっている。

大人たちは険しい表情を浮かべているが、子どもたちはみんな面白そうにゲラゲラ笑っている。

「多いわね……セシルちゃんの魔力に魅入られて来たのかしら？」

スライムたちは、今にも僕に向かって跳びこんできそうな感じだ。

このままでは――村が崩壊してしまうかもしれない！

僕は、全力で腹に力を込めて大声を上げた。

「止まれえええええ～！」

僕の一言で、ピタッと止まったスライムたち。

ぽよんぽよんとうるさかったのに、一瞬で静かになった。まるで時間が止まったかのように。

あまりの静寂に、村民たちもお父さんたちもあっけに取られた。

スライムたちとみんなの視線が僕に向く。

……えっと。

何も考えてないよおおおおおお⁉　ただ止めたかっただけだよ⁉

気まずい静寂と注目を何とかしなくちゃ……！

「ごほん。スライムたち？　僕の声は理解できるんだね？」

『『『『は～い！』』』』

「あ、あまり集まりすぎると、みんなが迷惑しちゃうからね？」

すると、スラちゃんたちの可愛らしい顔が、しょぼくれた表情に変わる。気のせいか体まで少しぷにゅ～ってなってる。空気が抜けた風船みたい。

「お兄ちゃん～？　みんな落ち込んでいるよ？」

「え、えっと……その……責めたいわけではなくて‼」

スライムたちは、安堵した表情を浮かべる。

印象としては、難しいことはわからないけど、簡単な意思疎通ができる感じかな？

「それで、みんなどうしてここに来たのか教えてくれる？」

『貴方のご飯が食べたいの！』

「えっと……そのご飯って何？　僕が何か作ればいいの？」

『うん！　貴方のその大きい黄色いのが欲しいの！』

「紛らわしい言い方やめて！」

「あれ？　お兄ちゃん？」

「うん？」

「スラちゃんたちが何を話しているのか、わかるの？」

今までは、僕たちの意志が伝わっていたからか、スラちゃんたちは言うことを聞いてくれていた。でも今は、スラちゃんたちの言葉が直接聞こえてくる。

「うん。才能が開花したからか、スラちゃんたちの声が聞こえるようになったみたい」

「すごい〜！」

全身で嬉しさを露《あらわ》にするソフィ。一緒に聞いていたリア姉も嬉しそうにしているが、後ろで一緒に見守っていたお母さんは、目を丸くして僕を見つめていた。

「お兄ちゃん？　みんなはなんて言ってるの？」

「ご、ご飯が欲しいって」

「ふう〜ん」

黄色いのとは、お母さんが見えるって言っていた漏れ出ている魔力のことなんだろう。魔力の暴走のときに部屋中が黄金色に染まっていたからね。

「み、みんな！　ご飯ってどうやったらあげられるんだ？」

すると、一匹のスライムがゆっくりと近付いてくる。そして——僕に抱きついた。

むにゅっと音を立てて、ひんやりしていつものスライムの気持ちいい感触だ。

『食べれない……』

「ん？　漏れてるのに？」

『魔力が形になってないの～』

魔力ってわかるなら、最初からご飯じゃなくて魔力って言って⁉

「魔力を……形にする？」

疑問を抱きながら、お母さんを見つめる。

「セシルちゃん……？　本当にスラちゃんたちと話しているのよね？」

「うん？　そうだよ～」

お母さんは、少し何かを考えると、覚悟を決めたように僕の頭を優しく撫でた。

「そうね。セシルちゃんは、赤ちゃんの頃から不思議な力があったのだから、スラちゃんたちの声が聞こえても不思議ではないわよね。スラちゃんたちから、魔力を形にしてほしいってって言われたの？」

「魔力の形がないから、スラちゃんたちが食べられないってさ」

「スラちゃんたちが、魔力を直接食べるって聞いたことはないけど……魔力を形にするなら魔法系統のスキルがないといけないの……魔法操作のスキルがあれば形にできると思うけど……」

スキルがないから形にできないもんな……。

…………。

…………。

ん？　魔法操作？　それって体内魔力を動かすあれじゃダメなのか？

魔法の操作なら、赤ちゃんの頃から毎日やっている。なんたって暇だったから。それにリア姉やソフィの手に触れたときもよく遊んでいたしな。

ひとまず、魔力を操作してみる――今まで感じていた魔力の、何倍もの激しい勢いがある。

静かだった魔力の源泉のようなものが、胸の奥から湧き出ている感じ。今までは静かな泉みたいな感じだった。

溢れる魔力を操作して、ぐるぐるにして両手の間に丸い形で集める。

「セシルちゃん⁉　スキルもないのに魔力の操作ができるの⁉」


――――【スキル『魔力操作』を獲得しました。】

えっ……⁉　スキルって獲得できるのか⁉

僕もお母さんも驚いている間に、抱きついていたスライムが、両手の間に集めた魔力玉に飛びつく。

『美味しい～‼』

それと同時に、スライムたちが、一斉に僕に跳びついてくる。

「待てぇえええええ～‼」

まるで、大きな波のように押し寄せてくるスライムたちは、またピタッと止まった。

器用に、みんながくっついて波の形になっている。

「あははは～！　スラちゃんたち面白い～！」

「うふふ。セシルったらすごいわね！」

「みんな～！　一気に来ても食べられる子の人数は決まってるから、ちゃんと並んで～！」

『『『『『は～い！』』』』』

スライムたちが一斉に移動して一列に並んだ。

みんな器用だな……。

一匹ずつ魔力玉を食べさせる。喧嘩することなく仲良くワクワクした表情で並んでいる。

「セシル？　それだと時間がかかりすぎじゃないかな？　ものすごく並んでるよ？」

「すご～い！　スラちゃんたちの後ろが見えないよ～」

「……どうしたらいいんだろう？」

ん～と悩むリア姉とソフィ。くすっと笑ったお母さんが声を上げた。

「セシルちゃん。いっそのこと、魔力を手の中じゃなくて、全身に纏《まと》わせたらいいんじゃないかしら？　できる？」

「全身に……」

イメージを手の間じゃなくて、体全体に纏わせてみた。

「う、うおおおお～！」

「すご～い！　お兄ちゃんの全身が――金ピカに輝いてる～！」

「髪も逆立ちしててかっこいい！」

纏わせるというより、変身ってイメージで纏わせたら、こんな感じになってしまった。

そのあと、全身にスラちゃんたちが纏わりついて、僕の体を全力で吸い続けた。

第二章　スライム使い

スラちゃんたちに魔力を与えてすぐに、頭の中に不思議な女性の声が響く。

――【スキル『スライム使い』を獲得しました。】

また新しいスキルを獲得した？

心の中で『ステータス画面』を意識すると、目の前に僕にだけ見える画面が現れる。

レベル：0／0
才能：無
魔力：99999
スキル：
魔力操作＝315／99999
スライム使い＝1／9999

さっきはなかった『魔力操作』と『スライム使い』が増えているし、後ろに数字もある。

『美味しい～！　ご主人様のご飯美味しい～！』

『ご主人様、イケメンやわ～』

『ご主人様～、ご主人様～』

スラちゃんたちは僕の魔力を食べると、僕を「ご主人様」と呼ぶようになった。

才能に『テイマー』というものがあって、それは魔物を使役できる才能だ。成長するとドラゴンまで使役できるようになる大当たりの才能だと聞いたことがある。

テイマーじゃないのに、スライム使いになれるなんて不思議だな……。

スラちゃんたちに魔力をあげながら、自分なりにいろいろ考えてみた。

『ご主人様～。私たち、ご主人様の役に立ちたいの～』

「役に……？　ん～」

『何でも言って～！　何でもするよ～』

スラちゃんたちが、目を輝かせて僕を見つめる。

それと一緒に、村の子どもたちも、面白そうにスラちゃんたちを眺める。

普段でもめったに大きな事件が起きない村だから、こういうイベントごとは珍しいよね。

子ども……スライム……ぽよんぽよん……ふむ。

「じゃあ、これから言うことをやってくれる？」

『『『はーい！』』』

それからスラちゃんたちに、あることをお願いする。

屋敷の前。その脇にスラちゃんたちをぎゅうぎゅう詰めに並ばせる。スラちゃんたちはすでに数百匹はいるので、湖くらいの広さとなっている。

「セシル？　何をさせてるの？」

「スラちゃんたちの——」

それから僕の目的を伝える。

リア姉とソフィは目を丸くして、僕に言われた通り、スラちゃんたちによじ登った。

二人が乗ったのを確認したスラちゃんたちは——体の弾力性を利用して二人を空高く飛ばした。

「「わ〜い！　楽しい〜！」」

名前はまだ決まっていないけど、スランポリンとかいいかも。前世の知識を生かしたトランポリンのスライムバージョンである。

スライムたちは僕の魔力を食べて、ものすごい元気になったらしくて、『肌が綺麗になったわ〜』とか『体の弾力が強くなったよ〜』とか言っていて、試しにスライムたちをぎゅうぎゅう詰めにすると、即席トランポリン場になってくれた。

もちろん、安全面も考慮してスラちゃんを重ねているし、飛ぶのも壁を越えられない高さにしている。大人はともかく、子どもならどうってことはない。

すぐに、物珍しさに目を輝かせていた村中の子どもたちが群がる。

広さは十分にあるので、みんな喧嘩することなく、人生初トランポリンならぬスランポリンを堪能していた。

その日から、スライムたちにご飯をあげる代わりに、働いてもらうことになった。

スラちゃんたちも快諾し、村の掃除、スランポリン、子どもたちの護衛、狩り、防衛、村のあらゆる行事に、スラちゃんたちが加わるようになった。

愛くるしい姿も、村民たちに大好評だ。怖がる村民は一人もいない。

この世界は異世界ということもあり、子どもたちも一生懸命に働いている。例えば、近くの水場から水を運んできたり、火を使う料理用に木の枝を集めてきたり、風呂を沸かしたりと意外に多忙だ。

それらにスラちゃんたちが加わって一緒に手伝うことで、重い水が入ったバケツを運んでもらえたりと、少しは楽になったと思う。

中には、夕方頃に仕事を終えて帰るスラちゃんに、大泣きする子どもまで現れるほどだった。

才能が開花して三日後。

『ご主人様～、猪倒してきた～』

スラちゃんたちが、子猪を大量に捕まえてきた。

あはは……何もしなくても食糧が増えるのはありがたい。

「セシルっ！　ねえ！　聞いてる？」

「う、うん！　聞いてるよ？」

スラちゃんたちに意識を奪われていると、リア姉がぷくっと怒る。

「魔力操作教えて！　お願いっ！」

スキルなしで魔力操作が使える僕に何かを感じたのか、リア姉は教えてと駄々をこねる。こういう姉さんは初めてで驚いた。いつもわがままっぽいことは言うけど、決して人を困らせたりはしないからね。そんな姉さんの珍しい姿が、少し微笑ましい。

ちなみにリア姉は、魔法系統の才能だけど、魔力操作のスキルはないみたい。

「僕の感覚だと、体の中にうねっている波みたいなものがあるんだ。最初のイメージは泉かな」

「体の中に……泉？　波？」

「うん。こう～、うねうねって感じ～？」

目を瞑って「う～う～」と唸ったリア姉。何も変わらない。

「わかんなぃ……」

「ん～、――あ！　これならどうかな」

両手を合わせてその間に、僕が感じている波を魔力で形にする。イメージは柔らかい波。それを形にしたものだ。

「わあ～！　綺麗～」

「これが、僕のイメージしてる波の形なんだ」

「それならイメージできるかも！　やってみるね！」

また集中し始めるリア姉。またう～う～と唸る。

「見えたあああ～！」

大きな目をパチッと開けた姉さんは、まっすぐに僕に抱きついてきた。

「セシルっ！　ありがとう～！」

「もう見えたの!?　すごいね。リア姉のためになったのなら嬉しいよ」

「まだ操作はできないけど、これから練習頑張るね？」

「うん！　リア姉がんばれ～」

「わ～い！」

――【スキル『応援』を獲得しました。】

また新しいスキルを手に入れた……?

よくわからないけど、ひとまず『応援』というスキルをリア姉に使う。

するとリア姉の体が、赤いキラキラした光に包み込まれた。

どうやらリア姉は気付かないみたい。僕にしか見えないのかな?

「なんだか急に、もっとできる気がしてきたっ!」

応援の力なのかはわからないけど、姉さんがやる気になったのならよかった。

ついでにというか、みんなにも応援をかけに回ろうか。魔力が減ってる感じもしないし。

また練習を始めたリア姉に小さく「頑張れ」と伝えて、邪魔にならないように家から出る。

うちの屋敷は村の中心にあって、広場のすぐ脇に建てられている。

広場は、村民たちの憩《いこ》いの場にもなっていて、仕事で疲れた人が休憩をしている。

彼らに優先して『応援』をかけていく。誰一人、赤い光が気になる素振りを見せない。やっぱり僕にしか見えないみたいだ。

村をゆっくりと歩きながら、村民たち全員に『応援』をかけた。

どうやら人数制限はないみたいで、家族や村民だけでなく、スラちゃんたちにもかけられた。

スラちゃんたち……多いと思っていたけど、二千匹もいたのね。数日前までは三十匹しかいなかったのにな……。

『応援』は、一度かけておけば、解除しないかぎりずっと効力があるみたい。

毎日、スラちゃんたちに、魔力を与えながら村を見回るのが日課となった。
それが少しずつ――いろんな歯車を狂わせて（?）いることに、僕は気付かなかった。

一年後。


「わ～い！　楽《たの》――」

一瞬で駆け抜けたソフィの声が、聞こえなくなってしまった。

それくらい――スライムの走る速度は、とんでもなく速い。

この一年、毎日のように、スライムたちに魔力という名のご飯を与え続けたら、びっくりすることに、もりもり成長してしまった・・・・。

元々、地面をぬるぬる滑って動くけど、速度はイマイチだった。速く動こうとすると、全身で飛び跳ねて動いていたスラちゃんたち。

今では跳ぶことなく、地面をするする～っと滑りながら動いている。そう。まるで車が走るかのような速度で。

これも、成長した際に上昇したステータスのおかげだと、お母さんは言っていた。

「……セシル」

「どうしたの？　お父さん」

「いまさらだと思うが……スラちゃんたち、すごくないか？」

「そうなの？　魔物ってこんな感じじゃないの？」

「そんなわけあるか！　どこの世界に、バイコーンよりも速く走れるスライムがいるんだ‼」

あはは……でも実際こうして、スラちゃんたちが、素早く動けるようになってるからね。

バイコーンというのは、異世界で、最もポピュラーな乗り物として有名な魔物の一種だ。

スライム同様に、人族と共存できる数少ない魔物で、馬のような形をしている。うちの村にもバイコーンは二頭ほどいるが、とっても速い馬型魔物だ。

まあ……それも、今のスラちゃんたちに比べれば、遅くなってしまったんだけどね。

ソフィだけでなく、リア姉や他の子どもたちもスラちゃんに乗って、村を縦横無尽にびゅ～んびゅ～んと動き回っている。

スラちゃんの体は、ぷにぷにしているだけでなく、不思議な粘着力があって、体にいろんなものをくっつけることもできる。

乗った僕たちが落ちないように、体に付着してくれて、ぽよんぽよんと飛び跳ねても、落ちる心配が一切ないのだ。

「それにスライムって……こんなに大きくなるものか⁉」

「たしかに、三倍くらい大きくなっちゃった……」

魔力をもりもり食べて、僕たちが乗っても十分すぎるくらい、成長してる。

「もうちょっと大きくなったら、お父さんたちも乗れちゃうね！」

「……それはちょっと楽しみだ」

お母さんも口にはしないけど、目を輝かせてスラちゃんたちを眺めたりしている。

気分転換をしに行った、リア姉とソフィが帰ってくる。

「ソフィ～、もう行くよ～」

「あい～」

みんなで向かうのは——僕が去年才能開花式を受けた教会だ。

速やかに準備を終えたお母さんは、綺麗な制服姿で祭壇に立つ。

去年は、緊張しててまったく気付かなかったけど、お母さんはまるで女神様のように神々しく、天井窓から差し込むひと筋の光は、より彼女を美しく照らしている。

ソフィの前に、何人かの子どもが洗礼を受けて、みんなそれぞれ才能を開花していく。

そして——最後。

「お兄ちゃん。行ってくるね？」

「いってらっしゃい。気楽にね」

「うん～！」

とびっきりの笑顔を見せたソフィは、緊張のそぶりも見せずに、ゆっくりとした足取りで祭壇に向かい、お母さんの前に立つ。

「──汝、ソフィ・ブリュンヒルドに女神の加護があらんことを」

洗礼によって、お母さんの両手から、眩いキラキラした光がソフィに降り注ぐ。

──ドクン。

心臓が鳴り響く感覚が伝わってくる。


──────【スキル『応援』により、『進化』を獲得しました。】

ん⁉ 新しいスキル……？ これってなんだろう？

洗礼を受けたソフィは、自信満々の笑みを浮かべて、僕のところに戻ってきた。

「お兄ちゃん～、ただいま！ これからは私がお兄ちゃんを守ってあげるからね！ リアお姉ちゃんには負けないから！」

「あはは……ありがとう。ソフィ。でもリア姉とも仲良くしてほしいな？」

「……仲いいよ？」

今の一瞬の間は何⁉

何故か僕を間に挟んで、ソフィとリア姉の間で火花が散っていた。


その日の夜。

寝ようと思ってベッドに入ろうとしたとき、ノックの音が聞こえてきた。

「どうぞ～」

開いた扉からは、夜の明かりでも輝く美しい金色の髪を持つ――リア姉とソフィが一緒に入ってきた。

「二人ともどうしたの？」

「「お邪魔します～」」

うちは、村の領主ということもあって家が大きく、部屋がたくさんあるから、一人一室与えられている。

姉妹が、僕の部屋を訪れてくるのは久しぶりな気が……？

「今日は、セシルに言いたいことがあってきたの」「きたの」

オウム返しのように、ソフィがリア姉の語尾を真似る。

というか、さっきは火花を散らしていたのに、やっぱりこういうところは仲良しだなと思う。

「うん。どうぞ？」

「私たちは、セシルがレベル0だって知っているのに、セシルは私たちのことは何も知らないでしょう？」「でしょう？」

「それはそうだけど……でも『ステータス』のことは秘密にしないとダメって、お母さんから言われたでしょう？」

「セシルに隠すことなんてないの！　本当はもっと早く言いたかったけど、ソフィちゃんが開花したら、一緒に言おうって、約束していたから」「していたから～」

「あはは……」

それから、リア姉とソフィはお互いの才能を告げた。

なるほど……姉妹だからなのか、才能も反転しているんだ？

でも、何となくイメージ通りというか、二人ともすごい才能を持っているんだなと感心した。

何故か、今日は二人とも枕を持ってきており、ベッドに潜り込んできた。

今までは、ソフィが才能開花するまではお互いに禁止にしていたらしく、これからは毎日来るって言ってたけど……いくらきょうだいとはいえ、いいのだろうか？　きょうだいだし、まあいいか。

明日は、ソフィと一緒に初狩りに出るんだと、ワクワクしながらみんなで眠りについた。


翌日。

新たな力を開花させたソフィは、朝から魔力操作を使い続けている。

リア姉に魔力操作スキルはなかったけど、ソフィは才能を開花した時点で手に入れたらしい。

さすがにすごい才能なだけあって、すでに魔力操作はお手のもので、起きてから朝食をとりながらもずっと魔力操作で、魔力を動かし続けている。

ちなみに、僕も一年間、スキルをできるかぎり使い続けている。

中でも『スライム使い』と『応援』は、何もしなくても増え続けている。これはおそらく『パッシブ機能』だからだと思われる。

スキル：
魔力操作＝８９４１／９９９９
スライム使い＝８５３３／９９９９
応援＝２９８１６／９９９９
進化＝コンプリート

スキルの数値は『熟練度』と呼ばれているようで、上昇させる方法は使い続けること。

増えれば効果が高くなっていき、最大値になって、特定の条件を満たすとスキルが進化する。

僕のスキル『進化』が『コンプリート』となっているのは、熟練度最大値であり、これ以上進化をしないことを示す。

「リアちゃんもだけど、ソフィちゃんもできるようになったのね？」

お母さんが、手を丸めてソフィを覗きこみながら呟《つぶや》いた。

「うん！　お兄ちゃんとお姉ちゃんに教えてもらったの～」

「うふふ。それはよかったわね。それにしても綺麗に分かれてしまったわね」

「分かれた……？」

「ノアちゃんとオーウェンちゃんとジャックちゃんは剣士系統で、リアちゃんとセシルちゃんとソフィちゃんは魔法系統なのよね」

ん？　僕もそこに入る……？

不思議そうな表情をしていると、それに気付いてふふっと笑うお母さん。

「セシルちゃんは、レベルがないかもしれないけど、魔力操作が使えるんだからね？　ちゃんと魔法使いだと思うわ」

「そっか……分類的には魔法使い……と」

お母さんは、目を丸くして苦笑いを浮かべた。

「今日は、ソフィちゃんも狩りに連れていくのよね？　リアちゃんも」

「うん！　スラちゃんたちもいるし、大丈夫かなって」

「森深くまで入っちゃダメだからね？　約束だよ？」

「わかった！」

朝食を食べ終えて、見送るお母さんに手を振った後、スラちゃんたちに乗り込もうかなと思ったら、ちらっと見えたノア兄さんたちが、羨ましそうにこちらを見ていた。

ノア兄さんたちも、狩りに行きたいのかな……？　今度聞いてみて、お父さんにも相談してみようか。

スラちゃんたちに乗り込んで、僕、リア姉、ソフィで東の森を目指した。

うちの村は、大陸でも最南端に位置していて、近くに村や町はない。一番近くて北に町があるけど、それでも険しい道を越えないと行けないみたい。

一応、王国に所属しているみたいだけど、王国の者が訪れたことは一度もない。

東の森は、弱い魔物が出現する森だ。ここには猪の魔物が現れるので、うちの村の食糧の大きな助けになっている。

森の浅いところには子猪、奥には大猪が出るが、まだ大猪を見たことはない。

「ソフィちゃん。いい？　初めての狩りだからって、無理はしちゃダメだからね？」

「あいっ」

リア姉だってまだ七歳のはずなのに、お母さん顔負けのしっかり者になっているな。

僕やソフィの面倒をよくみるからかもな。兄さんたちは毎日剣の稽古だし。

「じゃあ、行くよ〜！」

可愛らしい声が、森の木々の間に広がっていく。

ガサガサと茂みの奥から音が響いて、子猪が三匹同時に現れた。

「──ファイアボルト！」

ソフィが差し出した両手の前に、真っ赤に燃える炎の玉が現れ、ボーン！　と発射音を鳴らして子猪に向かって放たれた。

スラちゃんたちよりは少し遅い火球が子猪に直撃すると、たった一撃で子猪を一匹倒した。

「──ファイアボルト、ダブルキャストぉ～！」

今度は二つ同時に展開させる。手の前に火球が二つ現れて発射された。

これも、ソフィの高い才能によるスキルなんだと思う。なんせ彼女は──魔法使いの中でも最高峰と言われている『賢者』なのだから。

あっという間に、子猪三匹を仕留めたソフィは、喜ぶのかと思いきや、意外にも冷静な視線で周囲の茂みを見渡す。

「──オープンサーチ！」

今度は、魔力が波のように周囲に広がっていく。

「そこだっ！　──アイスランス！」

茂みの奥に向かって、氷の槍が飛んでいく。

「スラちゃんたち。倒した猪を持ってきて～」

『『『は～い！』』』

スラちゃんたちは、僕以外の人とは会話はできなくても、言葉は理解できる。

ソフィは次々魔法を放ち、視界で捉えていない魔物たちを倒し続けた。楽しそうでもなく、その目はまさに——狩人、そのものだ。そこにいつもの可愛らしいソフィの姿はなく、真剣な表情で油断一つせずに狩りに勤しむ。とても頼もしくなったんだなと思う反面、寂しくも思うようになった。

リア姉も、今日が初めてではないけど、まだ数えるくらいしか出てないはずなのに、彼女もまた真剣な表情で、ソフィや魔物の動きを目で追い続けた。

「ソフィちゃん？　そろそろいいかな？」

「あいっ！　魔法の感覚は少し慣れたから！」

「うん。じゃあ、これからは私もいくね？　——マジックエンハンス」

リア姉からソフィに青い光がかけられる。

「——アイスランス！」

本日、何度も使っていたアイスランス。今回作られた氷の槍は、さっきまでの物よりも大きさが二倍になった。そして、放たれて飛んでいく速度もまた倍は速い。

それからは、リア姉がソフィに補助魔法を付与し、ソフィが攻撃魔法を放つ連携を見せる。初めてとは思えないほどの阿吽《あうん》の呼吸で、お互いをサポートしながら狩りを進める。

リア姉の才能も、ソフィの最強の才能の一つである『賢者』に負けず劣らずで、むしろ賢者よりも高みを目指せる——『教皇』なだけあると思う。

しばらくして、魔法による狩りが終わった。倒した子猪は、随時スラちゃんたちが屋敷まで運んでいるので、どれだけ狩ったのかはよくわからない。

二人は嬉しそうにハイタッチをして、可愛らしい笑顔を咲かせた。

さっきまで、凄まじい魔法を放っていたとは、とても思えない無邪気な可愛さだ。

……………あれ？　今日の僕って…………何もしてない……？

何もしていない自分に肩を落としながら、屋敷に戻った。

「お……おぉ……」

お父さんは口を大きく開いて、山積みになっている子猪を見上げた。

「セシル？　これはいったい……？」

「あはは……リア姉とソフィが張り切ってしまって……」

「あは……はは………はぁ……まだ幼いのに……？」

「お父さん？　才能があるってこんなにすごいものなの？」

「いや。それはたぶんないな」

「えっ？」

意外にも言い切ったお父さんに驚いた。

「今まで、多くの才能を持った子どもたちを見てきたさ。ノアたちも才に溢れた子どもだが……ここまでの才能は見たことがない。たとえ……最高才能である『剣聖』や『賢者』であったとしても、この成果はあまりにも高すぎる」

お父さんの視線が、今度はノア兄さんたちに向く。

「リアちゃんとソフィちゃんがすごいのもあるが、ノアたちも十分すぎるほど強い。それについて一つ気がかりなことがあるのだ」

「気がかり……？」

不思議そうな表情を浮かべたお父さんは——。

「どうしてか、ノアたちの動きが……去年から急に強くなった。それが不思議で仕方がない」

去年……？　去年？　去年から⁉

………。

………。

まさかあああああ⁉

そのとき、お父さんと目があった。

あ……。

「セシル」

僕はお父さんから目をそらした。

「ちょ～っと来てもらっていいかな？」

「い、いや～、スラちゃんたちを労《ねぎら》ってあげないと～」

にこやかに笑うお父さんの表情と、ずっしりと重みのある腕が僕の肩を掴み、『わかるよな?』という無言の圧を感じた。

さらに、お父さんの様子を察知したお母さんも一緒についてきて、家の中に入った。

ソファに座ると、僕の前の床にお父さんとお母さんが座り込み、ちょうど目の高さが合った。

「セシル。何かわけを知っていそうだな」

僕は小さく頷いてみせた。

二人とも少しだけ呆れた(?)ような表情で溜息を吐く。

い、いや……僕だって悪いことをしたつもりでは……。

「えっと……前にも少しだけ話したけど、スキルを獲得しているって話したよね?」

お父さんとお母さんは、大きく頷いた。

魔力操作をリア姉に教えて、あれからリア姉は努力を続けて、なんと、リア姉も魔力操作が使えるようになった。それと同時にスキルまで獲得している。

これでわかったのは、スキルを獲得する方法は何もレベルだけじゃないってことだ。

お母さんは、リア姉の師匠として魔法を教えていて、魔力操作を覚えたことに大いに驚いていたけど、あのときはそれ以上は話さなかった。

「一年前に、僕が覚えた変なスキルがあって、それをみんなに使ってあげてたんだ」

「そ、それはどんなスキルなんだ……?」

「えっと、『応援』というスキルだよ?」

お父さんとお母さんが、顔を合わせてポカーンとなる。

「ミラ？　聞いたことあるかい?」

「いえ……私でも知らないスキルがあったのに驚きましたわ」

お母さんの不思議は、豊富すぎる知識量だ。スキルから魔法、魔物の情報やらあらゆる知識を持っているのがすごい。

あれかな？　知識オタク的なものかな？　家の一角には図書館にも似た場所があり、難しい本がたくさんあったりして、僕たちが勉強するときは参考書を出してくれたりするから、大助かりだもんな。

「名前が『応援』なんだから、きっと応援をするスキルなんだろうけど……」

「ミラ。それかもしれない」

「えっ……？　応援するのが……ですか?」

「ほら、ミラに応援されると、俺は何でもできる気がする。いや、何でもできるさ」

「貴方……」

「ミラ……」

「ごほん」

……おいっ！　息子の前だぞ！　イチャイチャを見せつけるなっ！

「「!?」」

顔を赤らめていた二人は、急いでお互いの視線を外した。

そりゃ……子どもが六人もいるんだから、二人がお互いのことをどれだけ好きなのかくらい知ってるよ。たまに、唇を重ねているところを見かけることもある。

……彼女か。ふっ……うわあああ！　ぼ、僕は六歳だから！

この世界なら、僕も、いつか彼女ができたり恋人ができたりするのかな？　前世では毎日仕事ばかりだったが……あれ？　今でも、毎日スラちゃんたちにご飯をあげているだ……け？

…………。

…………。

いや、きっと大丈夫だ。異世界だもの。また過労死なんてするものかっ！

「やっぱり、セシルちゃんの応援スキルのおかげだとみて、間違いなさそうですわね」

「ああ。去年のノアも十分強かった。ジャックも才能はあるが……たった一年で、去年のノアよりも強くなってる。間違いなくセシルのおかげだと思うべきだな」

「あれ〜？　でも……」

「「でも」」

「僕、応援って——お父さんやお母さん、村民たちやスラちゃんたちにも使ってるよ？」

「それかあああああ！　だからスラちゃんたちがああなるのかあああ‼」

お父さんが、目を大きく見開いて大声を上げた。

「あれ？　そういや……今年やけに力が湧くのって……狩りの時間が減ったからではないのか」

「そうですわね。私も、無性に魔法が使いたくなってますわ」

あはは……これ以上きょうだいが増えないことを祈るばかりだ。こんな調子なら増えるかもな。

窓から、すごい目つきで、家の中を覗き込んでいるリア姉とソフィ。

「お父さんお母さん！　僕、みんなと約束があるからそろそろ行くね？」

「あ、ああ」

家から出ようとしたとき――。

「セシル！」

「は～い？　どうしたの？　お父さん」

「村を預かってる領主として、ありがとう。セシルのおかげで村民たちの生活がよくなった。これからもよろしく頼む」

突然の言葉に意表を突かれた。

異世界にくるまで、誰かに「仕事頑張ったな」とか「よくやった」と言われたことはなく、「ありがとう」なんてもってのほかだった。

その気持ちが嬉しくて、自然と頬が緩んでしまう。

これもひとえに、全てお父さんとお母さんが、愛情を込めて僕たちを育ててくれたから。そんな二人の背中を見てきたから。村で一番偉いはずなのに、誰よりも働いて、子どもの面倒を見て、朝から晩まで汗を流して働くその姿を見てきたから。

その働き方は前世の自分にも似ているが、なにより二人はいつも――笑顔だ。

その笑顔に、僕の荒んだ心は癒され、頑張りたいと思えた。だから赤ちゃんの頃から日々魔力操作をやってきたし、こうしてスラちゃんたちとも仲良くできたと思う。

「お父さんお母さん」

「「うん？」」

「こちらこそだよ！　いつも僕たちと領民たちのために――ありがとうね！」

ポカーンとなった二人を残して、僕は待っているリア姉とソフィの元に走った。

「「遅い～！」」

「ごめんごめん。行こうか」

「「うん！」」

すぐに、僕の左腕をリア姉が抱きしめて、右腕をソフィが抱きしめる。

少しだけ窮屈だけど、お母さんとお父さん同様に、彼女たちの優しさが伝わってくる。

それから、スランポリンで村民の子どもたちとも楽しく遊んだ。

そこにはノア兄さんたちの姿もあった。どうやら稽古は午前中だけになったみたい。これも午後から自由にしている僕の影響かも。

まあ、実際は、ノア兄さんたちがメキメキ成長したからだと思うけどね。


それから、数日が経過した。

今日も今日とて狩りに向かうのだけれど——。

「今日は珍しいね」

窓の外を見たリア姉が呟く。

それもそのはずで、いつも晴れた天気なのに空に黒い雲が見えるからだ。

「午後から雨が降るのかな？」

「そうかも。まだ遠いし問題なさそうだけどね」

異世界でも雨は定期的に降るけど、うちの村では珍しい部類である。毎年数えるくらいしか雨が降らないのだ。弱いときもあるし、強いときもあるけど、まだ台風は見たことがない。

気を取り直して朝食を済ませると、スラちゃんたちに乗り込んで、今日の狩りに向かった。

魔物は、魔素という特殊なエネルギーから生まれるので、どれだけ子猪の魔物を倒しても毎日復活し続ける。

こうして、食糧になってくれるのでとてもありがたい。今では各家庭が肉で溢れているからね。

『『『スライムストライクアタックぅ～！』』』

ドガーン！　ドガーン！　ドガーン！

三匹のスラちゃんたちが、子猪三匹に次々当たる。

去年は「ぼよ～ん」って音だったのに、いまは「ドガーン！」って、凄まじい音と衝撃波が周囲に響いていく。

増えたのは、何も音と衝撃波だけではない。ダメージも激増していて、一撃で子猪を倒せるようになった。だが、しかしっ！　これだけならまだそう多く成長したとはいえないっ！　本領発揮はここからだ。

スラちゃんたちが吹き飛ばした子猪三匹は、それぞれの方向に吹き飛び、その先にいた子猪たちにぶつかり、ボウリングのように別の子猪を巻き込んで倒していった。

強くなったこともさることながら、スラちゃんたちは――ものすごく賢くなった。

『一気に四匹倒したよ～、ご主人様～！』

『褒めて褒めて～！』

『わ～い～』

ぼよんぼよんと音を立てて僕にくっついてきて、撫で撫でをおねだりする。

倒した子猪は、別のスラちゃんたちが回収して村に運ぶ。

二千匹もいるスラちゃんたちなので、運ぶのもお手のものだ。

スラちゃんたちで日を分けて、『狩り組』『運送組』『護衛組』『衛兵組』『村人たちの手伝い組』など分かれて、働いてくれている。

「むぅ……スラちゃんたちが全部倒しちゃって、私のやることがないよ～」

不満を口にしながら魔法を唱えるソフィ。

「――オープンサーチ！」

綺麗な魔力の波が、周囲に広がっていく。

「あっちだ！　スラちゃんたち！　勝負だよっ！」

『あいあいさ～！』

『わ～い～！』

ソフィとスラちゃんたちが、ものすごい速さで森の奥に走っていく。

「こら～っ！　森の奥には入っちゃダメだからね！」

「わかってるよぉ～」

僕とリア姉も、急いでソフィの後を追いかける。

スラちゃんたちもたくさんいるし、問題はないと思うけど、念には念を入れて、僕たちもソフィから離れないようにする。

しばらく、ソフィとスラちゃんたちの狩り合戦が始まった。

ソフィの氷の槍が何本も飛んでいき、スラちゃんたちは超高速で体当たりを繰り返して、どんどん子猪を狩っていく。

ちょっと嫌な感じがする。いつもなら風にたなびいている木々の枝や葉っぱ。

そんな木々が、やけに騒いでいるように感じてしまう。


――【スキル『危機感知』を獲得しました。】

危機感知……？　こんなときにどうしてこんなスキルを……？

――そのとき。森の奥から轟音が鳴り響く。

「ソフィいいいいい！」

「お、お兄ちゃん!?」

「急いでこちらに来て！」

「わ、わか――」

ソフィが僕の方に向かって走り出したとき、今まで聞いたことのない地鳴りが聞こえ、音がする方向から巨大な猪が猛スピードで突っ込んできた。

これまで見た子猪とは、比べ物にならないほどの禍々《まがまが》しい赤い目は、見ただけで全身が震えた。

【スキル『威圧耐性』を獲得しました。】

――――時が止まったように、周りの景色がスローモーションで見える。

全長五メートルもある巨大な猪が、猛スピードで向かってくる。

巨体とは思えないほどに速くて、それに驚いて転びそうになっているソフィ。誰よりも先に手を伸ばしてソフィに走るリア姉と僕。

そんな中、僕たちよりも速く体を張って、ソフィを守ろうと飛びこむスラちゃんたちが見えた。

そしてまた時が正常に動き出し、一気に加速する。巨大猪を止めようとしたスラちゃんたちは、大きな足に踏まれたり頭に吹き飛ばされたりして、ボロボロになっていく。

スラちゃんたちだって、この一年間でずいぶんと強くなったはずなのに、まるで歯が立たず、魔物の強さというものを目の当たりにした。

このままいけば、僕たちが着くよりも前に、巨大猪によって最愛の妹《ソフィ》が踏み潰されてしまう。

それが容易に想像できる。

なんとか……なんとかしなくちゃ。

慢心していたわけじゃないけど、お父さんたちを説得して、こうして狩りを続けてきた。

イレギュラーなときにこそ誰かを守れなかったら、僕は何のために異世界に転生して、大事な家族や仲間たちと出会ったんだかわからないじゃないか、と自問自答を繰り返す。

守りたい……いや、絶対に……！　ソフィを、家族を守る！

――【スキル『疾風迅雷《しっぷうじんらい》』を獲得しました。】

無我夢中で、獲得した新しいスキルを使った。

どんなスキルかなんてどうでもいい。ただただソフィを守れるなら、何でもする。

僕の体が、一閃《いっせん》の雷になったような感覚。通り抜けるスラちゃんたちの姿が見えた。

全身がボロボロになって、目を瞑っているのがなんとなくだけど……もう彼らが戻ることはない・・・・・・のがわかる。

息を荒らげて走っている巨大猪を、僕は全力で蹴り飛ばした。

僕の体の何十倍も大きい猪。禍々しい気配に恐ろしさで体が震えるが、そんなことよりも守りたい一心だった。

意外なことに巨大猪は、僕の一撃で、やってきた道をまた戻るかのように吹き飛ばされた。

「お兄――」

「ソフィ！　リア姉に向かって走れ！」

「⁉　は、はい！」

ソフィは、両目に大きな涙を浮かべて、リア姉に向かって全力で走り始める。

「スラちゃんたち！　全力で戦うぞ！」

『あいあいさ！』

『ご主人様を守れ‼』

いつもはふわふわしているスラちゃんたちなのに、僕たちを守ろうとするのが伝わってくる。

——そのとき。

僕の体を、スラちゃんたちが覆い始めた。

「えっ⁉　スラちゃんたち⁉」

『ご主人様を守れー‼』

そのまま動きを封じられて、巨大猪からどんどん離れ始めた。

僕だけじゃなく、ソフィとリア姉も一緒に運ばれていく。

「スラちゃん⁉　な、何をしてるの！」

『ご主人様は村に〜！』

スラちゃんたちは、僕たちを運びながら、残った子たちは倒れた巨大猪に向かって体当たりを繰り返す。遠目からでもわかるほど、体当たりするだけでスラちゃんたちの体がボロボロになっていくのが見える。

「待って！　逃げるならみんなで逃げよう！」

『ご主人様のお父様が来るまで守るの‼』

巨大猪が見えなくなった頃、また地鳴りが響いて、段々と大きくなり始めた。

僕たちを狙って走ってくる巨大猪がまた見えて、それを阻止しようとするスラちゃんたち。

一匹また一匹と、弾かれて地面に落ちて動かなくなっていく。

さっき覚えたスキルなら！　また巨大猪を蹴り飛ばしてお父さんが来るまで時間稼ぎを！

再びスキルを使おうとしたが発動しない。再度使うのに、クールタイムがあるのが感じ取れる。

それならまた新しいスキルを……何かスキルを覚えて時間稼ぎを！

吹き飛ばされた一匹のスラちゃんと目があった。

『ご主人様……ありがとぉ……』

違う……ありがとうっていうのは、君じゃなくて僕だよ……ごめん……本当にごめん……。

なんでこんなことになったんだろう。エンダーの森は、初級魔物しか出ないはずなのに……奥に入れば強い魔物もいるとは聞いていたから、深部には入らないようにしていたはずなのに……どうして……。

僕たちは、ただただスラちゃんたちを、見守ることしかできなかった。

「やめてくれえええええええええ！」

スラちゃんとは、生まれてから毎日一緒にいた。

心のどこかで異世界を甘くみていた。今まで通りなんとかなると思っていた。大切な彼らを守ることもできず、ただ守られる側でいることしかできない自分に、心の底から怒りが込み上がる。

そんな考えが甘かった……全て僕のせいだ……。

地鳴りがどんどん近付いてきた、そのとき——。

風を切る音とともに、巨大猪の巨体がその場にピタッと止まった。

「貴方！　セシルちゃんたちは確保したわっ！」

「……ああ」

初めて聞いた。お父さんの怒りに染まった声。

後ろからでもわかるほど、お父さんの体からは凄まじい殺気が立ち上っている。

それからはあっという間だった。

圧倒的。お父さんの剣戟《けんげき》は一つ一つが鋭く、スラちゃんたちが頑張っても止められなかった巨大猪を、いとも簡単に——やっつけてくれた。

倒れた巨大猪の体躯。そして、周囲に痛々しい姿で横たわるスラちゃんたちの亡骸。

僕は知らなかっただけだった。ずっとずっと……この世界が、いかに恐ろしい場所だったのかを。お父さんたちが守ってくれていたからこそ、それを感じさせないくらい、平和で幸せいっぱいの村だったということを。

リア姉とソフィが、お母さんの胸の中で、大声を上げて泣いているのが見える。

ああ……これも全て僕が……。

「セシル」

後ろから聞こえるお父さんの声。

きっと僕は、いらない子として捨てられるのだろうか？　姉さんと妹を危険な目に遭わせてしまった。守ることもできず、逃げることもできず、ただ助けられただけ。

振り向いた先のお父さんは——目に大きな涙を浮かべていた。

「生きていてくれてありがとう。リアとソフィをよく守ってくれたな」

「ち、違……僕じゃ……スラちゃんたちが……」

「ああ。スラちゃんたちのおかげでもある。でも——それも全てセシルが今まで頑張ってくれてたからだ」

僕の足元には、多くのスラちゃんたちが集まって、心配そうに見上げていた。

『ご主人様、ケガはない？』

それが彼らの本心なのは、長年一緒に暮らしてきたからこそ誰よりもわかる。

スラちゃんたちは、僕を責めることなんてせず、むしろ心配してくれている。

「ごめん……スラちゃんたち……みんな……本当にごめん……」

『私たちは、ご主人様が無事ならいいの！』

スラちゃんたちの言葉が。助かった事実が。生きていることが。リア姉とソフィが無事なことが。多くのスラちゃんたちが死んじゃったことが。

その全てのことに、僕はただただ涙を流すことしかできなかった。

◆

「――黙とう」

お父さんの言葉に合わせて、みんなで目を瞑って頭を下げる。

どうか……安らかに眠ってください。

目を開けると、僕の両腕をぎゅっと抱きしめるリア姉とソフィ。

「僕たちを守るために死んだスラちゃんたちのためにも、生きよう。足掻《あが》いて足掻いて、彼らの分まで生き延びよう」

二人とも大きく頷いた。

僕たちを助けるために、命を落としたスラちゃんは四百匹にも及んだ。

あの後、お母さんに聞いたところ、魔物同士が体をぶつけ合うと、お互いに反発して両方にダメージがあるという。だからスラちゃんたちは、ぶつかっただけで死んじゃうみたい。

みんなで、死んでしまった仲間たちを見守る、足元にいるスラちゃんたちを、優しく撫でてあげた。

第三章　覚悟

屋敷前で、無数のスラちゃんたちが、今か今かと飛び跳ねながら僕を待つ。

「スラちゃんたち～！　ご飯の時間だよ～！」

『『『は～い！』』』

水を得た魚のように飛び跳ねながら、嬉しさを体で表現する。

毎日こうして魔力を与えていって、それを当たり前だと思わずに嬉しそうにしている姿は、どこか心が温まる光景だ。

魔力操作を使って魔力を形にしていく。今までなら体に纏わせて食べさせていたんだけど、それだとどうしても時間がかかってしまうので、方法を変える。

今は――魔力を波状にして、村中に広げている。

これはソフィの『オープンサーチ』を真似て、自分の魔力を同じ形にして周りに広めている。

人体に悪影響はないみたいなので、遠慮なく村中に魔力の波を放つ。

実は、魔力操作の熟練度は、こっちの方がずっと上がりやすいのを知った。ただ使うのではなく、熟練度をより上げられる方法を探っていくのも楽しい。

『『『美味しい～！』』』

あの日から五日も経過している。

僕もリア姉もソフィも、心の奥では忘れることはないけど、僕たちを守るために命を落とした彼らのためにも、元気よく生きていくと決めた。一歩先に進めた気がする。

スラちゃんたちのご飯の時間が終わったら、リア姉とソフィと一緒に、スラちゃんたちを追悼するため、墓の前に来て手を合わせる。

「あの日、僕たちを助けてくれてありがとう」

次にやってきた場所は――東の森だ。

また狩りに出たいと言ったら反対されたけど、死んでいったスラちゃんたちのためにも、狩りをやめたくないと主張した。

二人も僕の意見に賛同してくれて、約束を一つ交わして狩りを再開させることができた。

「お兄ちゃん？　今日は何かあるって言ってたよね？」

ソフィが目を輝かせて僕を見つめる。今日は遂に――この日がやってきた！

スキル：

スライム使い＝９９９８／９９９９

スライム使いの熟練度は、スラちゃんたちが、僕をご主人様と慕ってくれるだけで上がっていく。文字通り、スライム使いになった感じ。

家にあった本で読んだ『魔物使い』に似ている。彼らも魔物を従えれば熟練度が上がっていく、と書かれていたから。

「ちょうど『スライム使い』の熟練度があと1となったよ～！　これから上がるはずだよ！」

「「わあ～！　楽しみ！」」

一匹のスラちゃんがぴょ～んと跳んできたので、体をむにゅって撫でてあげた。

スキル：

スライム使い＝9999／9999

――――【スキル『スライム使い』の熟練度が最大になりました。条件を揃えるとスキルが進化します。】

お母さんが言っていた通りだ！

……そういや条件って、スキルによっていろいろあると言っていたね。

「条件を揃えないと進化できないみたいだけど、どうやったら進化できるんだろう？」

「う～ん。スライムたちを愛でる？」

リア姉に言われた通り、近くのスラちゃんたちを愛でてみたけど、変化はない。

気持ち良さげに、『ふにゅぅ～』と声を上げるスラちゃんがまた可愛らしい。

「スラちゃんたちに命令を出してみる？」

「スラちゃんたち！　ぴょんぴょん跳ねてみて！」

スラちゃんたちが、その場でぴょんぴょん跳ねるが、やはり進化はしない。

……ん？　そういや、僕には『進化』ってスキルがあったよね？　これって使えないのかな？　だって、進化は進化だし。

そのまま『進化』スキルを使ってみた。

――【スキル『進化』により、スキル『スライム使い』が『スライムテイマー』に進化しました。】

「おお～！　進化した～！」

「セシル！　おめでとう～！」

「お兄ちゃん！　おめでとう～！」

初めての進化ということもあり、そのスキルがスラちゃんに関わるスキルなのは、すごく嬉しい。

スキル：
スライムテイマー＝1／49999

進化したスキルの熟練度は五倍に増えてしまったけど、今までよりも強力になった気がする。
スラちゃんたちと繋がっていた絆の糸がより強固なものに変わり、スラちゃんたちから感じる気持ちの深さも、より強いものに変わった。

――そのとき。

スラちゃんたちの体に異変が起きた。

『『『『あう？』』』』

「スラちゃんたち!?」

『『『『あわ、わ、わ、わ～！』』』』

「みんなああああ！」

スラちゃんたちの体が、もにゅもにゅって不思議な音を響かせながら、体の内側から何かが外に弾き出されるように、ぴよ～んぴよ～んと伸び始める。まん丸い体が星形みたいになった。

突然の出来事にどうしていいかわからないけど、スラちゃんたちから危険な感じはしない。

『『『ご、しゅ、じん、しゃま～』』』

スラちゃんたちの声が、今までとは少し違う感じで伝わってくる。

そして、みんなの体が、一斉に全方位に星形のようにぴよ～んって伸びて――縮んだ。

「元に戻ったよ～？」

心配していたソフィが、目を丸くして言った。

「みんな元気そうだね？」

リア姉も、縮んでいつもの姿に戻ったスラちゃんに触れながら話しかける。

戻ったスラちゃんたちは――何も変わってない。強いていえば、ちょっと顔つきが凛々《りり》しくなったかな？　体の大きさは変わってないし、色艶も変わってない。

「みんな？　大丈夫？」

『ご主人様～！　私たち～、進化したよ～！』

「えええええ⁉　スラちゃんたちが進化したの⁉」

『うん！　今までできなかったこと、たくさんできるようになったんだよ～！』

『褒めて褒めて～！』

『わ～い～！』

今までより言葉も多くなった気がするけど、雰囲気はあまり変わってないかな？

そのとき、驚くことが起きた。

僕に抱きついたスラちゃんたちが、なんと！

「わあ！　スラちゃんたちが小っちゃくなっちゃった〜！」

進化する前は体の大きさを変えられなかったのに、驚くべきことに体を小さく変化させた。

元々、僕たちが乗れるほどの小さめのバランスボールのサイズにまで成長したスラちゃんたち。もう少し成長したら、大人でも乗れるようになりそうだった。そんなスラちゃんたちが飛びついた瞬間に、体を小さくして野球ボールサイズになったのは驚きだ。

今まで、一度に飛びつける数はどんどん減る一方だったのに、小さくなってくれると、一度に多くのスラちゃんたちが飛びつけるね。

「あはは〜。みんな小さくなっちゃった〜！」

二人にも、たくさんのスラちゃんたちが抱きついて、僕たちはスラちゃんまみれになった。

しばらくの間、体に付着したスラちゃんたちを撫で撫でしてあげる。全身にくっついてぽよんぽよんしているスラちゃんたちに、とても癒された。

「スラちゃんたち、なんだか逞《たくま》しくなった？」

「なんか進化したってさ」

「そっか〜。だから体があんな風になっていたのね〜」

「スラちゃんたちが強くなったらしいので試してみようか！」

「『はーい！』」

東の森に足を踏み入れる。すぐにあの日の出来事が蘇《よみがえ》る。もう二度とあんな風にならないように強くなるんだ。才能がないからと下を向いてるだけじゃ絶対にダメだ。

僕の両手に温もりが伝わってくる。

「セシル～」

「お兄ちゃん～」

「ん？」

「『私たちも隣にいるからね？　一緒に強くなろうね！』」

「うん！」

『私たちもいるよ～！』

『わ～い～！』

『もっと強くなるぅ～！』

リア姉、ソフィ、スラちゃんたちと森の中に入り、狩りを始める。

最初の子猪が現れて、一匹のスラちゃんが子猪に対峙した。

その凛々しい表情から、絶対の自信が見受けられる。

『新しいスキルだよ～！　スライム～バズ～カ～！』

体が少し後ろに伸びて、一気に加速して、体が弾丸のように飛んでいく。

弾丸となったスラちゃんは――子猪を貫通した。

一瞬で子猪を倒したスラちゃんだが、このスキルを使って飛んでいく際の体の色が普通ではなく、鋼《はがね》色になっていた。

スライムたちが、より強くなったのは間違いないみたいだ。

きっと、スラちゃんたちも強くなることを望んでいるようだね。

「う～ん。スラちゃんたち～！」

少し眉間にしわを寄せたリア姉が、スラちゃんたちの前に出る。

『『『は～い！』』』

「そのスキル――禁止ね」

『『『ガーン！』』』

リア姉の言葉に、全員が衝撃を受けた表情になって、ものすごく落ち込んだ。

どうやら体に穴が空いて、見栄え的によくないし、肉が減ってしまうからだそうだ。


数日後。

「領主様！　本日の見回りも、異常はありませんでした！」

「うむ。ご苦労」

「はっ！」

うちの村には、村を守る衛兵さんが何人かいる。彼らは白い革で作られたライトアーマーっぽい鎧を着て、腰には分厚い剣が下げられている。

彼らを見るだけで、子どもたちがかっこいい騎士に憧れるのもわかる。

うん。わかるんだけど………。

『わ～、ご主人様～！』

『わ～い～！』

彼らが跨《また》がっているのは、かっこいい馬でもバイコーンでもなく——愛くるしい大きなスライムだ。

スラちゃんたちが進化して、体の大きさを自由に変えられるようになって、小さいと野球ボールくらいから、大きくなると全長二メートルくらいにまでなるので、僕の体の数倍になる。体がまん丸だから、最大サイズだとなかなかの迫力だ。

そんなスラちゃんたちは、一メートルくらいのサイズになって、大人たちを乗せている。

今では、村民たちに、一人一匹スラちゃんをつけている。護衛も兼ねているし、言葉もわかるので乗り物（？）としても重宝するからだ。

今まで、村の端から端まで移動するだけで二十分はかかっていたからね。

お父さんに敬礼した衛兵さんが離れていく。

「ん？　セシル。どうかしたのか？」

「なんでもないよ〜」

お父さん……めちゃイケメンでかっこいいのに……スライムに乗ってるとちょっと不格好というか、可愛いというか、今までのイメージと違うというか。

村中を、スラちゃんに乗った村民が笑顔で通り過ぎていく。みんなだいぶ慣れたもんだ。

家から、スラちゃんに乗ったお母さんとリア姉とソフィがやってくる。

三匹のスラちゃんがくっついて同時に動く様は、サイドカーのようだ。

しかも、リア姉とソフィはお母さんそっくりなので、すごく神秘的だ。可愛いスラちゃんも相まって似合ってる。

「ノアくんたちは〜？」

「ノアたちは、スラちゃんたちと鬼ごっこをしに行ったよ」

鬼ごっこといえば遊びに聞こえるけど、全然そんなことはなくて、素早いスラちゃんたちを捕まえる訓練だ。速すぎてノア兄さんたちはかなり苦労している様子だけどね。

「貴方〜？　そろそろ調味料が半分を切りそうよ」

「もうそんな時期か……」

……キタ！　ついにこのときがきた。

「あいっ！」

僕は全力で右手を挙げた。

「ダメ」

まだ何も言ってないんですけど!?

「あいっ！　私たちも！」

「もっとダメ！」

「「え～」」

「本当にダメだからな!?」

「「………」」

うちの村は商人が訪れるわけじゃなく、定期的に北にある町に買い出しに行っている。

以前にも話した通り、向かうのもひと苦労で、お父さんが率いる馬車を使っているのだ。

その間は防衛も薄くなるので、みんなピリピリしていたのを毎年見ていた。

「君たちはまだ五歳六歳七歳だからね!?」

「「え～」」

「え～じゃないっ！　ダメったら絶対ダメ！」

「「むう……」」

さすがに、お父さんとお母さんを本気で怒らせるわけにもいかず、諦めた。

――と思ったけど、なんとかならないかなと悩んでいる。最近は、もはや当たり前のように一緒に寝ているリア姉とソフィ。僕たち三人はまだ子どもだから、大きめのベッドで川の字になって寝てても広さ的には問題はない。

『ご主人様？　どうしたの～？』

難しい顔をしていたから、それが気になったのかな？

「ううん。スラちゃんたちのことじゃないよ？」

『そっか……私たちが力になれることはなんでも頑張るから言ってね！』

「ありがとう」

みんなでスラちゃんを撫で撫でしてあげる。ぽよんぽよんとした体がひんやりしてて、とても気持ちいい。これだけでも癒されるというものだ。

「セシル？　どうしてお父さんについていきたいの？」

「村の外の世界が見てみたいから……？」

「えっ？　それだけ？」

それだけって……正直にいえば、うちの村は家が百棟もあるけど、前世で住んでいた都市や夢に見た異世界のスケールを思えば狭いと思うし、なかなか外の世界を見る機会がないからね。

「リア姉とソフィは、外の世界を見たくないの？」

二人は、間髪入れず同時に頭を横に振った。

……即答だった。

「どうして二人は外の世界に興味ないの？」

「だって……ね～」

また二人が顔を合わせて頷く。そして衝撃的な言葉が放たれた。

「だって外の世界には——セシルがいないでしょう？」「でしょう？」

えええええ⁉　僕⁉

「それはいいとして、セシルが外の世界に出たいのはわかったけど、お父さんに怒られちゃうからね。やっぱりもう少し待つべきじゃないかな」

「やっぱりそうだよね……はあ……僕も町に行ってみたかったな……」

『ご主人様？　町が見たいのぉ？』

「うん？　うん」

『それなら～、いい方法があるよ～？』

「えっ⁉　本当に⁉」

スラちゃんからのあまりにも意外な発言に、心臓が跳ねる。

少し力が入った手で握ってしまって、スラちゃんがむぎゅっと少し潰れて可愛い。

『でもね……ご主人様の許可がないとできないの』

「なんでも許可するよ！」

『わ～い～！』

リア姉とソフィには、スラちゃんの声が聞こえていないはずなのに、僕との会話でいろいろ察してくれたみたいで、みんなは目を輝かせた。

それから、スラちゃんからとんでもない方法を教えてもらった。

これなら……お父さんに、ついて行かなくてもなんとかなるかも！


数日後。

「セシル」

「あいっ！」

「……ちゃんとお留守番するんだぞ？」

「あいっ！」

「……やけに言うことをちゃんと聞くな？」

「やだな〜、僕が何かトラブルメーカーみたいな言い方だよ？　お父さん」

「…………」

お父さんは、ポンと優しく僕の頭を叩いた。

「村を任せたぞ。それにしても、今回の旅は……賑やかだな。スラちゃんたち！　決して勝手に動かないようにな！　特に町で！」

『『『はーい！』』』

いつも通り、馬を使った馬車で向かう。馬は前世と変わらない見た目だけど、異世界だからなのかすごく力強くて、丈夫そうな馬だ。

今回も馬二頭が引く馬車。今までと違うのはスラちゃんたちが大量に乗っていることだ。体を小さくして百匹は乗っている。

スラちゃんたちの質量だけど、意外なことに重さを一切感じない。これはスライムの特性らしくて、体に大量のスラちゃんたちがくっついても、全く重くない。

「スラちゃんたち～。お父さんの話は～、ちゃんと聞くんだよ～」

『『『『はーい！』』』』

「…………」

お父さん？　そんな疑り深げな視線を向けないで？

今までよりも、たくさんの子猪肉を載せた馬車が離れていく。家族や村民、みんなで見守りながら無事を祈る。

見送りは無事終わり、みんなそれぞれいつものことを始めた。

さっそく僕が行ったのは――

「ノア兄さん！」

「うん？　セシルくんがここに来るなんて、珍しいね？」

「そうだね～」

けっして兄さんたちと仲が悪いわけではないけど、リア姉とソフィと一緒に過ごす時間の方が、圧倒的に多いからね。

最近になるまで、スラちゃんたちに魔力をあげるだけで午前中が終わっていたから、兄さんたちと遊んだりできなかった。兄さんたちもお父さんを見習って立派な騎士になりたいと、毎日稽古を頑張っていたからだ。

僕は、まだ前世の記憶があるからわかるけど、兄さんたちはまだ十歳九歳八歳なのにもかかわらず、将来の目標をしっかり持っているのがすごいと思う。これもお父さんの背中を見て育ったからなんだろうね。

「セシルくんも稽古する？」

「稽古もしてみたいけど、今日来たのはそれじゃなくて、もっと重大なことがあるからなんだ」

「「「重大なこと？」」」

オーウェン兄さんとジャック兄さんも気になるみたいで、目を輝かせる。

スラちゃんに乗らない？　って提案したときと同じ目だ。

「これからすごいことするんだけど、兄さんたちも来ない？」

「俺たちも？　——もしかして、また悪だくみ？」

「お父さんもそうだったけど、僕はそんなトラブルメーカーじゃないよ！」

すると兄さんたちが一斉に、大声で笑う。

「あはは、冗談さ。それでどんなことするの？」

「えっとね。ここではちょっと見せられなくて……秘密基地に行こう！」

「「「秘密基地⁉」」」

「うん！　こっちだよ～！」

兄さんたちを連れて、リア姉とソフィとスラちゃんたちと共に向かうのは——うちの家の屋根裏部屋だ。ただし、屋根裏部屋は外からしか入れなくて、そこまで上がるのには梯子《はしご》が必要だけど、今はスラちゃんに乗って登れる。

「いつの間に、屋根裏部屋をこんなに綺麗にしたんだ⁉」

「ふっふっふっ。お父さんたちが、町に向かうって知ってからね～！」

「ほら、やっぱり悪だくみ」

「ち、違うよ！　それに、お父さんの邪魔にはならないはずだから」

屋根裏部屋は、これからすることのために、誰にも邪魔されないために作った秘密基地だ。できれば木の上とかに秘密基地を作ってみたかったけど、村の周囲は魔物がいるから、スラちゃんたちに護衛をさせないといけなくなっちゃうからね。

リア姉に教わった屋根裏部屋を秘密基地にすることに決め、スラちゃんたちとリア姉とソフィとで、綺麗に掃除をしたのだ。

元々、それほど汚い部屋でもなかったので、掃除は簡単だったけどね。

さらに、スラちゃんに頼んで、木材を使って長いベンチ椅子を作ってもらい、そこにふかふかになるように葉っぱを詰めて、ソファのようにした。

少し不格好だけど、このためだけに作った長椅子ソファはすごくいい。

大きさは、僕たちきょうだいが六人並んで座っても、まだスペースが空くほどだ。

「こんな長い椅子で何をするんだい？」

「それはこれからのお楽しみ！」

実は僕もワクワクしている。事前に体験はしたけど、これからが本番だと思うと楽しみでしかたない。

みんなで長椅子ソファに座ると、目の前は壁に向いている。

壁の前に置かれたテーブルの上に、一匹のスラちゃんが乗る。

「スラちゃん……！　いいよ！」

『あいあいさ～！　それじゃ～、始めます～！』

ブルブルっと震えたスラちゃん。

『スライムスキル～！　視界共有～！　そして～、視界投影っ～！』

次の瞬間、スラちゃんの上に大きな画面が現れる。そう、画面。まるでステータス画面にも似たそれは、前世でも見たホログラムを映す画面そのものだ。

「変なのが出た！」

僕の大量の魔力が、僕とスラちゃんが繋がっている糸のようなものを通して、スラちゃんに吸い込まれ始める。

するとと画面に――とある景色が映った。

「お父さんだ！」

ジャック兄さんが驚いて声を上げる。画面には、村から離れたはずのお父さんが映った。

「えっへん！　これはお兄ちゃんだからできる、スラちゃんを使った遠くを見る魔法なんだよ！」

「「「すごい～！」」」

テレビを初めて見た子どものように、興奮するノア兄さんたち。うんうん。初々しくていいね。といっても、僕も、テレビは数年ぶりに見るからワクワクする。実際テレビではないんだけどね。

自慢げにドヤ顔しているけど、ソフィだって最初は興奮しすぎて、その場で飛び跳ねてた。

リア姉に至っては、興奮があらぬ方向に進んで、何故か泣いていたっけ。

そんな興奮状態の僕たちだったが、気付かないうちに忍び寄る影があった。

「セ～シ～ル～」

「ひぃ⁉」

外から聞こえるいつもとは違う声にびっくりして、みんなで視線を屋根裏部屋の扉に向けた。

扉のドアノブがゆっくりと回り、徐々に扉が開く。

眩い光が部屋に差し込み、世界で一番綺麗だと思われる美しい金色の髪が、波を打ちながら、ゆっくりと入ってきた。

ただし、顔はいつもと違ってとても怖い。

「こ～んなところに隠れて～。お兄さんたちまでたぶらかして～、何をしているのかな～？」

「ひい⁉　お、お母さん？　え、笑顔が……怖いよ？」

「ふふっ。やっぱりセシルちゃんは話が早いわね～」

笑顔なのに、後ろに般若《はんにゃ》の顔が見える！

「え、え、えっと……！　こ、これは……」

「うふふ～。ちゃんと話してくれる～？」

「はいっ！」

笑顔のお母さんの前に僕、リア姉、ソフィだけでなくノア兄さんたちも一斉に正座して並ぶ。

「町に行きたかったです！」

「知ってるわよ」

「行けないと落ち込んでいたら、スラちゃんから見ることならできるって教えてもらって！　それでいろいろ試してみたら、魔力をいっぱい使うけど、スラちゃん同士で視界を共有することができたんだ！　それで離れたお父さんたちを見守ろうとしたんだ！」

徐々に、ポカーンとした表情に変わったお母さんは、スラちゃんの上に映し出された画面を見つめた。

「あら、本当にあの人が映ってるわ！」

だがしかし、お母さんの怒りゲージは下がる気配がない。ど、どうしよう……。

そのとき、ソフィが手を上げた。

「お母さん～。お兄ちゃんが失敗したらお母さんが悲しむから、私たちだけで試してから、ちゃんと動いたらお母さんに見せようって言ってたの！」

ソフィぃぃぃぃぃ！

目を大きくしたお母さんの、怒りゲージが一気に下がっていく。

「そうだったの。うふふ。やっぱりセシルちゃんって優しいわね～。まさか、きょうだい水入らずで、お母さんだけ仲・間・外・れ・にするわけはないんだよね～？」

「も、もちろんだよ！　ほら！　椅子だって、家族みんなが座れるように作ったから！」

「うん。本当のようね。ふふっ。それなら早く言ってくれればいいのに～。じゃあ、私は紅茶を用意してくるね？」

「お母さん～、私も手伝う～」

「私も～」

リア姉とソフィが、お母さんと一緒に屋根裏部屋を後にした。

残った僕たち兄弟は、その場に倒れ込む。

「ぷっ。あはは～。あははははは～！」

ノア兄さんを皮切りに、みんな大声で笑った。

「お母さん、すごく怖かったな～」

「変な汗かいちゃったよ～」

こうして兄さんたちとだけで笑いあうのって、いつぶりだったかな……。

毎日があっという間に過ぎて、自分のことで精一杯で、周りを見る余裕なんてなかったけど、これからはそういうところも気をつけたいな。

長椅子ソファに腰をかけていると、お母さんたちが、香ばしい紅茶とお菓子を持って上がってきた。

それぞれのティーカップに紅茶が注がれると、屋根裏部屋に一気にいい香りが広がる。

それらを飲みながら、スラちゃんの画面を見つめる。

「セシルお兄ちゃん？　そういえば、これって名前は何？」

「名前？」

「うん。呼び方～」

あ～、考えたことなかったな。

画面というだけだとわかりにくいし、前世の知識から――スクリーンっぽいからスクリーンでもいいかな？

「そうだな～。じゃあ、名前は『スクリーン』ってことにしよう」

「スクリ～ン！　うん！」

『スクリーン！　は～い』

ソフィもスラちゃんたちも、気に入ってくれたみたいでよかった。

スクリーンに映るのは、お父さんの後ろ姿。他にも衛兵さんが三人映っている。

馬車に乗っているのは、お父さんと衛兵五人。前方に三人と後ろに二人だ。

最初は、何気ない談笑をしながら進んでいた馬車だけど、急に慌ただしくなった。

「オークだな。俺が対応する！　お前たちは馬車を頼むぞ」

「かしこまりました！　スラちゃんたち。領主様をよろしく頼むぞ！」

スラちゃんたちがぴょんぴょん跳ねて応えてから、お父さんと一緒に前方に群れている魔物に向かう。

オークと呼ばれた魔物は、緑色の肌を持つ猪の顔をした、二足歩行の人型魔物だった。

体型からわかるように、非常に強そうな姿をしている。はち切れんばかりの筋肉に、身長は小さい個体でも二メートルはある。巨大猪のときもそうだったけど、こう見ると個体差が大きいのがわかる。オーク一体だけでも、子猪の群れを全滅させてしまうくらいには強そうだ。

「お母さん？　オークって強いの？」

「ええ。とても強いのよ。それに単体が強いだけでなく、群れるから手強いわね」

「そうなんだ……お父さんは大丈夫？」

「ふふっ。それは問題ないわね。あの人は――もっと強いから」

お母さんの言葉通り、お父さんが一気に間合いを詰めて、剣でバッタバッタと倒していく。

あまりの鮮やかな動きに、映画を見ているような気持ちになる。

「お父さん、すごい～！」

僕たちが興奮しながら見守っていると、あっという間に三体のオークを倒してしまった。


オークの緑色の返り血一滴すら浴びることなく、お父さんはこちらに向いて手を振った。

「あら、私たちに手を振ったわよ？」

「ふふっ。違うよお母さん。あれは馬車に向かって手を振ってるんだと思う」

「そうだったわね。それにしてもこの魔法は不思議だね～」

「魔法じゃなくてスキルみたいだよ？　スライムスキルだって」

「へぇ……今まで多くのスライムテイマーたちがいたのに、どうして誰も使ったことがないんだろう？　聞いたこともないもの」

「う～ん。スラちゃんが言うには、使えるのは知っていても簡単には使えないみたい。使うには魔力がいっぱい必要なんだって」

「魔力？　もしかして、今もセシルちゃんの魔力を使って見せてるの？」

「そうだよ？」

「どれくらい……使ってるの？」

「えっとね。いろいろ計算すると…………大体半日で五十万くらい？」

「ご、五十万⁉……セシルちゃん？　聞きにくいことだけど、残りの魔力は大丈夫？　魔力を使いすぎると倒れたりするのよ？」

「大丈夫！　一日使ってもまだ半分残ってる！」

「は、半分⁉　いったいどこからそんな魔力が……」


――――【スキル『魔力回復』を獲得しました。】

もっと大丈夫になっちゃった。

お母さんは、なんともいえない表情で、溜息を吐いてまたスクリーンを見つめた。

僕もスクリーンを観ながら、ステータス画面を開いて自分のスキルをチェックする。

あの日のように、二度と後悔しないように、日々努力をしようと思っている。

そこで、真っ先に取り組んだものが、スキルの解明だ。

僕の場合、『疾風迅雷』という唯一の攻撃スキルがコンプリートになっている。となると、このスキルはこれ以上強くはならないし、進化もしない。

それでは弱いのか？　と思うかもしれないけど、お父さん曰く、攻撃系統スキルは、獲得した時点でコンプリートになるものが多いが、代わりに——自身のステータスに大きく依存するという。

疾風迅雷というスキルは、結構有名なスキルらしくて、俊敏というステータス値に依存するらしい。余談だけど、攻撃系統スキルをランク付けして、一番下をEランクといい、そこからDランク～Aランクに上がり、一番上がSランクというんだけど、疾風迅雷は、なんとSランクスキルということが判明した。

そりゃそうだよね……俊・敏・ス・テ・ー・タ・ス・が・な・い・僕が使っても、あの禍々しい巨大猪を一撃で蹴り飛ばしたからね。

もう一つは、熟練度1で、スキルはどのくらい効果が上昇するのか？　——それは各スキルによって全然違う。例えば、『スライム使い』の熟練度1がスライムを強くする量と、『スライムテイマー』の熟練度1が、スライムを強くする量は三倍ほど開いている。

まあ、進化した時点で大幅に強くなっているので、単純に三倍強くなるだけじゃないのがいいね。こんな感じでスキル毎に、1で上昇する量は様々って感じだ。

魔力の回復には周期というものがあり、体感だと六十秒毎に回復する感じだ。時計がないから正確に計れたわけじゃないけどね。

六十秒毎に一パーセント回復するので、自然回復だけで全回復するのに百分ほどかかる計算になる。

魔力回復を検証するために、そのまま魔力とにらめっこしながら、スクリーンに注目した。

スクリーンには、東の森とはまた違う雰囲気の森が続いていて、馬車が通るところだけが道らしくなっていたが、森を抜けると広大な平原が現れた。

村の周囲は、どこを見ても森だったから、平原を見るだけで心の奥から熱いものが込み上がる。

ノア兄さんたちも、声に出るくらい驚いていたけど、中でもジャック兄さんは、拳を握って目を輝かせて、食い入るようにスクリーンを見つめていた。

風景の先にやがて――町が見えた。

「領主様！　アデランス町が見えました！」

「やっと着いたか……」

「今日は、一段とオークが多かったですね」

「そうだな。王国から、オーク討伐隊が派遣もされなくなってしまったようだ」

「王国の偉い人は、お金にうるさいですからね……」

「それもそうだが、オークは強いからな。王国でも手を焼いているのだろう」

うちの村の北にある最初の町、アデランス町。

「さあ、今日は大変だぞ！　肉を売って調味料を調達しなくちゃいけないからな」

「そうですね」

お父さんたちを乗せた馬車が、町の中にゆっくり入っていく。

「スラちゃん～！　作戦開始っ！」

「作戦開始⁉」

『は～い！』

お母さんが目を丸くして僕を見つめる。

ふっふっふっ……僕がただ見るだけだと思った⁉

数匹のスラちゃんが、お父さんたちに隠れて町の中に散っていった。

メインスクリーンの上と左右に、同じサイズのスクリーンが映る。

「ぐっ⁉」

「セシルちゃん⁉」

魔力が吸われる量も三倍増えた。

一つならそんなに厳しくなかったけど、三倍となるとかなり吸われるな……。

今まで使ったこともない量の魔力を消費するって、こういう感覚に陥るんだね。

少しだけ苦しくなった頭を押さえたけど、すぐに慣れた。

「セシルちゃん？　魔力は、あまり急激に使うと頭痛がするのよ？」

「あはは……うん……そうみたい……でもちょっと慣れてきたかも！」

魔力操作スキル。現在で一万ちょっとあるんだけど、ここまで上昇させるのにかなりの日数を必要としたのに、今、みるみるうちにものすごい勢いで上がっている。

スラちゃんたちに魔力を供給するのも、魔力操作によるものだ。単純に供給する量が多くなったから、早く上がるね。

魔力操作の熟練度が上がれば上がるほど、頭痛は少しずつ軽減していく。

それにしても……驚くべき速さで上がっていくな。

さらに、魔力回復の熟練度も上がり始めたが、上がる数値は一定だ。

魔力回復を上げるためには、魔力を常に使っていれば良さそうだ。

『ご主人様～！　見つけたよ～！』

「スラちゃん！　よくやったよ！　さっそく中に入って～」

『は～い』

一匹のスラちゃんが、ある店の中に入って隠れている。

スクリーンに映るのは――こぢんまりとした店内の風景だった。

◆

アデランス町。

人口約八千人が暮らすその場所は、イグライアンス王国の南部に位置し、穏やかな気候や魔素の安定感から、ほのぼのとした田舎町らしい町である。

だが、田舎町ならではの特殊なルールが存在する。それは王国法ではなく——ある意味独裁にも近いものがあった。

町の中心部に、他の建物とは比べ物にならないほどに大きな建物が一つ。入り口の上には大きな看板が掛けられており、『クザラ商会』と書かれている。

神妙な面持ちで商会に入る、赤髪の若い男性。若干三十歳という若さながら六人もの子どもを持つ、村民五百人を束ねる辺境領主である。

男が中に入ると、不愛想な声が聞こえてくる。

「いらっしゃい」

「どうも」

「これはこれは……となり村の領主様ではありませんか」

ふてぶてしい太った男は、まるでカモを見るかのような視線を向けた。

ルークは、彼の狡知《こうち》な視線を受けてもなお、表情一つ変えずに前に立つ。

「いつものスモールボア肉を買い取ってもらいたい。そのまま調味料も購入させてくれ」

「ええ。構いませんとも。どれくらいの量でしょう～？」

「いつもより多く、今回は二百頭分だ」

いつもなら二十頭分くらいのはずで、その十倍の量となるとなかなかの額になる。

店主はすぐに頭を働かせ、卑しい笑みを浮かべた。

「最近、塩の値段が上がってしまいましてね～、いつもの量が銀貨一枚から三枚に上がってしまったんですよ」

「なっ⁉　……っ」

「我々クザラ商会としても、領主様の力になりたいんですが、こんな辺境まで品物を運ぶのはなかなか大変で～」

にやけた表情で、饒舌に話し続ける店主。

「そういや、領主様も大変ですものね！　あんな――死の道を越えなければなりませんからな～。がははは！」

「…………」

死の道とは、アデランス町よりも、はるかに南に存在する村にまで続いている道である。

オークが生息しており、魔素から生まれる魔物は狩り尽くすことができないため、常にオークが現れ続ける。それによって被害が多く、村に行きたがる王国民は誰一人おらず、いつの間にか『死の道』とも呼ばれるようになった。

「それで～、どうなさいます～？　交換なさいますか～？」

下劣な笑みで問いかける店主に、ルークが拳をぐっと握りしめて返答をしようとした――そのときだった。

「え〜、高いよ〜」

それもそうである。まるで無気力極まりないその声。しかも――普通の声とはまるで違う音質だったからだ。

「「「「へ？」」」」

ルーク、衛兵、店主、店員、その場にいた全ての人が間抜けな声を出した。

ルークの視線が、後ろの地面に向く。

そこには――一匹のスライムが、笑顔でルークを見上げていた。

「え……？　セ、セシ……ル？」

「そうだよ〜」

「ええええ⁉」

「お父さん〜、そのレートは高すぎだよ〜。塩はもっと安いよ？」

「スライムが喋ったあああ⁉」

ルークよりも店主の方が驚く。

「こんにちは～。僕は悪いスライムじゃないですよ～」

誰よりも驚く店主に笑顔を向けるスライムだが、店主はカウンター内にしまっていた剣を取り出して、震える手でスライムに向けた。

「く、来るなっ！　なぜこんなところにスライムがいるんだ！」

「店主さん。申し訳ない。うちの村の従魔なので、人を襲ったり悪さをしたりはしませんので」

店主が、ルークとスライムを交互に見つめる。

「ほら～、僕、悪いスライムじゃないですよ～」

「セシルッ！　あ、後で詳しく聞くから……」

「お父さん？　そんなことよりも――」

「そんなこと……」

「塩がその量で、銀貨一枚ですら高いのに、三枚とかありえないよ～」

その声に、店主の顔が真っ赤に染まり怒りだす。

「ふ、ふざけるな！　うちは、こんな田舎に塩を運んでくるだけでも大きな損失があるんだぞ！　一袋銀貨一枚だけでも十分安いのだ！　い、今は仕方なく三枚になっただけだ！」

「え～、でも他の商会は同じ量で銅貨十枚ですよ～？　同じ物、同じ量で三十倍も高いなんて～、僕には理解できないですぅ～」

「っ！　な、なんだと！　それなら買い取りはなしだ！　いらないなら出ていけ！」

「は〜い。お父さん、違う商会に行こうよ〜」

「ま、待てセシル！」

ルークが、スライムを連れてみんなと距離を取った。

「よく聞けセシル。あの値段が高いのは知っている。だがこの地まで調味料を運んでこれるのはクザラ商会しかいない。彼らとことを構えると、こちらの商品を売ることも、調味料を手に入れることも難しいんだ」

実際、その言葉は事実であった。アデランス町だけでなく、王国南部はクザラ商会が支配しているので、彼らに反抗するということは、商品を手に入れる機会を失うことになる。

アデランス町にクザラ商会以外の商会があることも知っているルークだが、そこだけでは、村を賄《まかな》えるほどの商品を手に入れることはできないからこそ、クザラ商会に従っていたのだ。

「え〜。でも〜、三十倍はおかしいと思うな〜」

「セシル……頼むから……」

「お父さん？　僕は――――」

スライムから聞こえた自分の息子の言葉。その言葉にルークは目を大きくした。

ルークは、かつてないほどにどうすればいいか悩み始める。

だが、それもすぐに終わることとなる。

スライムから四男だけでなく、全ての子どもたち、そして、最愛の妻の声が聞こえたからだ。

「わかった」

ルークは、スライムから目を移して店主を見つめた。

「店主さん」

「な、なんでしょう?」

普段から温厚なルークだが、敵対する者に送る視線には冷たいものがあり、それはいとも簡単に、恐怖心を感じさせてしまうくらい凄まじいものがある。

「俺も、一つの村を預かっている王国の領主だ。値段の件は……知っていながら、ここまで物資を運んでくるクザラ商会のことも考えていた。だから――もう一度だけ問おう。一袋銀貨一枚。それで売ってくれるか?」

それは心優しいルークならではの、最後の情けだった。

だが――。

「そ、それは……」

「……どうして値段が高騰したかまではわからないが、王国内で塩の生産が大きく減っているなら俺も諦めよう。その他の理由なら――」

「さ、三枚だっ！　それ以上は安くできないっ！」

「……そうか。わかった」

そう言ってルークは、それ以上の交渉をすることなく店を後にした。

今まで見たこともなかった彼の姿に、店主はまるで恐ろしい魔物にでも遭ったかのような感覚に陥る。それでも、自分がとった行為は間違いではなかったと、心の中で何度も呟いた。

数日後。

店主は、報告書を見て怒りに震える。

「クソが！」

手に持っていた報告書を、地面に叩きつけて足で踏みつぶした。

「あの商会め……目障りだったが、職人の連中から守られていたから、手出ししなかったのに……そろそろ決着をつけてやらねばな」

彼は、下劣な笑みを浮かべて、窓から見える赤い月を見上げた。

第四章　広がる繋がり

「セシルぅううう⁉　い、いったいこれはなんなんだ⁉」

外に出たお父さんは、さっきまでの冷たい表情から一変して、僕たち《スライム》を両手に抱きあげた。

「あはは～。お父さん、変な顔～！」

スクリーンにドアップになったお父さんの顔は、ちょっとだけ間抜けだ。

ノア兄さんからお母さんまで、みんな笑い転げる。

「貴方～。セシルちゃんの魔力を使って、スライムスキルというもので繋がっているみたいですよ。でも声を届けるのは、セシルちゃんのスキルみたいですね」

「うん！　魔力操作をごにょごにょして、声を届けられないかなと試してみたらできたよ～」

「はぁ……セシル……やけに素直に見送るなと思ったら、これが目的だったんだな」

「やだな～、僕をトラブルメーカーみたいに言わないで？」

「「「「あははは～！」」」」

うん。やっぱり辛そうな顔より、みんな笑顔がいいね。でも笑顔でいられるためには、それなりの覚悟がいる。誰と手を取るべきなのか。それによって不便になる部分もあるだろうし、楽になる部分もあると思う。

「セシル。さっき話した場所に案内してくれ」

「任せて！　こっちだよ～！」

僕が、あの店の中でお父さんに伝えたのは――もっといい店があるということだ。ただ、クザラ商会ほど大きい商会ではないけどね。

スラちゃんに案内をお願いして、お父さんと馬車をとある場所に向かわせた。

大通りから南に進んだ場所で、小道になった路地に入っていく。馬車一台なら問題ないが、向かいから馬車が来たらお互いに動けなくなりそうだ。

先回りして待っていたスラちゃんのスクリーンに、馬車を走らせてくるお父さんが映る。

二画面に、お父さんの前後が映るとちょっと面白い。

……お母さんが、少しだけ顔を赤らめて乙女になっている。相変わらずラブラブでいいね！

お店の前に着いたお父さんに、「ここだよ」と伝えると、迷うことなく店に入った。

「いらっしゃいま……わあ！　すごくかっこいい～！」

すぐに、女の子の大声が店内に響いた。

声を聞くだけで、彼女が、誰かを騙したり陥れたりするような性格じゃないことがよくわかる。満面の笑みは、うちのリア姉たちにも劣らない可愛らしさだ。

「アネモネ商会であっているかい？」

「は～い！　アネモネ商会にいらっしゃいませ～」

「俺は、南の村を預かっている領主、ルーク・ブリュンヒルドという」

「えええええ⁉　英雄……ルーク様⁉」

え、英雄⁉

「英雄なんてそんな大した者ではないよ。ただの田舎村を預かっている領主さ。それで、うちで取れたスモールボア肉を買い取ってもらいたいのと、調味料を仕入れたいのだが、可能か？」

「もちろんですよ～。ただ量次第では難しいかもしれません」

「ああ。それは承知している」

「では見せていただきますね」

「えっと……君が見てくれるのかい？」

「そうですよ～？」

僕も、お父さんと全く同じ疑問である。だって、スクリーン越しでもわかるくらい、彼女は——まだ幼い。年齢まではわからないけど、僕と同年代に見える。

「店主はお父さんなんですけど、いま仕入れに行っていて～。こう見えても計算とか得意なので任せてください！」

「そうか。つまらないことを聞いてすまなかったね。ぜひよろしく頼む」

「はいな！」

彼女はすぐに馬車に向かい、白い木の板にチョークで何かを書き始めた。

「お母さん？　あれは何～？」

「あれは白板《はくいた》と呼ばれているものね。あれに煤《すす》で作ったペンで、書いて消してを繰り返し使うのよ」

「へぇ～」

うちにもちょっと欲しいかも？　いつも暗算だからね。

店員の女の子は、思っていたよりもテキパキ仕事を進める。

スラちゃんを見ても気にもせず、仕事をしている彼女の目は、真剣そのものだった。

しばらく彼女を見守っていると、リア姉とソフィの視線が、僕に向いてることに気付いた。

「ふ、二人ともどうしたの？」

「「…………」」

「あ、あはは……」

何かよくわからない無言の圧力に耐えながら、スクリーンに映る彼女の仕事を見守った。

女の子は、手際よく仕事を終わらせて、「ふぅ……すごい量ね」と呟き、こちらに視線を向けた。

「……え～！　スライムがいる～⁉」

「気付いてなかったんだね～」

「えええええ⁉　人の声までしたよ⁉」

まさか、気付いていなかったなんて想像もしなかった！　だって、スラちゃんが百匹近く馬車にいるのに見えてなかったなんて……。

「不思議な売り物だと思ったけど、スライムなんだよね？」

「そうだよ～。僕、悪いスライムじゃないよ～」

「あはは～、面白いスライムさんだね～。私はマイル。貴方は？」

「僕はセシルだよ～」

「セシルちゃんね！」

「「セシルちゃんって呼ぶなぁ～！」」

急にリア姉とソフィが声を上げる。

「あら？　今度は女子の声？」

「あはは……僕の姉妹なんだ」

「ふう～ん？」

「それはそうと、お肉は買い取れそう？」

マイルちゃんは少し難しい顔を浮かべた。

「う～ん。ギリギリ買い取れるけど、一つ問題があるわね」

「問題？」

「うん。量が多いのよね。このまま加工して隣街に持っていって、自由市場で売ったらいいかもしれないけど、運ぶ手立てが難しくて。お父さん一人じゃとても運べる量じゃないもの」

この子……ものすごくしっかりしてるんだな。買うだけじゃなくて、その先にどうするかまで考えている。

店番を任されているくらいだし、当然といえば当然なのかもな……異世界の子どもってどこか大人びた感じがあるが、マイルちゃんはその中でも群を抜いている気がする。

「それなら僕に任せて。護衛と運び手がいればいいんだよね？」

「うん！」

「簡単だね！　うちのスラちゃんたちに任せて～！」

「え～!?」

アネモネ商会を見つけたとき、スラちゃんにお店の隅々まで確認してもらって規模を調べた。

もちろん、お母さんにアドバイスをもらいながらだけど。

クザラ商会と比べたら小さいが、店内の雰囲気、品揃え、在庫から商売の実力のある商会だと知った。さらに、店員であるマイルちゃんの雰囲気も。

ただ、これだけ実力がある商会が、どうしてまだ小さなお店なのか、気になってお母さんに聞いてみると、この世界では商品を運ぶことこそが一番難しいという。例えば、うちの村からアデランス町まで運ぶのだって、オークが生息する死の道を通らなければならない。

死の道は極めて珍しい道だが、他の道だって絶対安全ではない。魔物もいれば――山賊や盗賊だっている。たくさんの荷物を運ぶとなると、彼らの格好の餌食《えじき》となる。

アネモネ商会に決めたとき、最初から、スラちゃんたちによる護衛と運搬を申し出るつもりだった。

「うちのスラちゃんたちは強いから安心して！　それに大きくもなれるから、荷物もたくさん運べるんだよ？」

「そうなんだ！　見てみたい〜！」

「いいよ〜スラちゃんたちっ！」

『『『『は〜い〜！』』』』

野球ボールサイズだったスラちゃんたちがスイカサイズになり、馬車の中にあったお肉を運び始める。

「ぬわっ!?　セ、セシルッ！　何事だ！」

「お父さん〜、お肉を中に運んでるよ〜？」

「いやいや……まだ売るって決まったわけじゃ……」

「え？　決まってるよ？」

「え……？　はぁ……」

肩を落とすお父さんをよそに、馬車にあったスモールボアの肉を全て商会内に運んだ。僕が子猪と呼んでいた魔物は、スモールボアというみたい。

「スライムたちがこんなに働くなんて！　セシルくんってすごいんだね！」

「えっへん！　うちのスラちゃんたちがすごいんだよ～！」

「セシルッ！　デレデレしないで！」

「そうよ！　お兄ちゃん！」

「あ、あはは………………」

デレデレなんてしてないと思うんだけどな……。

「こちらが、今回のスモールボア肉の買取額になります。いかがですか？」

「うーん――えっ⁉　こんなに高く買い取ってくれるのか？」

「はい！　こんなにたくさん売ってくださいましたから、サービスしておきましたよ！　それにセシルくんからいい提案もあったので、これから良い関係を築きたいなと思ってます！」

「そっか……ああ。よろしく頼む」

お父さんとマイルちゃんが、握手を交わした。

それからは、全ての話がとんとん拍子に進み、アネモネ商会にある調味料を大量購入して、お父さんは馬車を走らせ村に戻っていった。

久しぶりにたくさん買えたとご満悦なお父さんと、調味料がなくなり料理の心配をしていたお母さんも満面の笑みを浮かべ、僕まで嬉しくなった。

「セシルくん？　本当にスラちゃんたちを残してくれてよかったの？」

「もちろんだよ～。お父さんたちはスラちゃんたちがいなくても強いし、問題ないよ」

「そうなんだ～。じゃあ、賃金は払うからお仕事を手伝ってくれる？」

「もちろん～、スラちゃんたち！　マイルちゃんの言うことをちゃんと聞いてね！」

『『『はーい！』』』

マイルちゃんの指示で、スモールボア肉を別の店に運ぶ。

どうやら肉屋のようで、スモールボア肉を加工してくれるようだ。干し肉にするのかな？

前世のような冷蔵庫付きトラックなんてないから、肉の鮮度を保たせて運ぶのは難しいのか。

一定量は肉屋に卸し、残りは全部干し肉に加工を依頼して、彼女の一日の仕事は終わった。

「セシルくん。お風呂に入るけど、一緒に入ろう～」

「セシルはいません。勝手に入ってなさい」

「あら、お姉さまの方でしたか」

「お姉さまではありません。これからセシルには指一本触れないようにっ！」

リア姉……まだ彼女とは顔も合わせてないよ……？

二人の無言の圧力でスクリーンは強制終了され、僕たちは夕飯を楽しんだ。

ちょうど夜空に三日月が出た頃に、お父さんが帰ってきた。

当然――お父さんの拳骨をくらった。

むぅ……げせぬ……。

お父さんが、アデランス町から帰ってきた三日後。

今日も今日とてスラちゃんたちにご飯をあげる。ただし、ご飯をあげる方法も進化した。

赤ちゃんの頃から、暇さえあればやっていた『魔力操作』。スキルを獲得したのは五歳のときだけど、自由自在に操作できたし、いまでは声を伝えるくらいには操作できるようになった。

ならばっ！　それを使っていつもご飯をあげている魔力を、魔力操作で作った糸で渡してみたら――なんと！　大成功だった！　今まで広範囲とはいえ何千匹もいるスラちゃんたちに、ご飯をあげるのは長い時間が必要だったけど、これなら一瞬で終わるね！

ちなみに、この方法により、魔力操作スキルの熟練度が劇的に上昇した。

一年間で上げたものが、たった数日で上がってしまうなんてね……。

「セシル～♪」「お兄～ちゃん♪」

「ふ、二人とも……？　どうしたのかな？」

「うふふ。これからまたスクリーン観るのぉ？」「観るのぉ？」

「え、えっと……念のために？　スラちゃんたちも心配だし」

「それってスラちゃんたちのために？」「ために？」

「あ、あはは……い、一応、アデランス町とか外の世界のこととかいろいろ聞きたいし」

「「ふう～ん」」

「もしよかったら二人も一緒に観る？」

「「う〜ん！」」

微笑みが少し怖いよぉ……。

「セシル？　何か不満でもあるの？」

「いえっ！　ありません！　姉上！」

「じゃあ、私たちは紅茶とお菓子を持って部屋に行くね〜？」

リア姉とソフィと別れて、僕だけ先に屋根裏部屋に入ってスクリーンを起動させた。

「マイルちゃん。おはよう〜」

「セシルくん〜。おはよう！」

こちらに向かって手を振るリア姉とソフィは超絶美少女で、どこか美しい彫刻のような神々しさがある。一方でマイルちゃんは、町の娘らしいというか、赤に近い茶色の髪を一つに纏めてポニーテールにしているし、美人というよりは可愛らしい雰囲気がある。それに、店員として身だしなみは綺麗に整えているので、とても好印象だ。

「今日もよろしくね。セシルくん」

「うん。任せて！　僕じゃなくスラちゃんたちだけど」

「ふふっ。セシルくんのおかげだよ〜、いつも手伝ってくれてありがとうね！」

「僕もいろいろ話が聞けて、新しいことを知ることができるから助かるよ〜」

後ろから、リア姉とソフィが静かに入ってくる。

「「………」」

目を見ちゃダメだ。目を見ちゃダメだ。目を見ちゃダメだ。

「セシルくん？」

「マイルちゃん！　さっそく仕事に取りかかろう～！」

「うん？　お～！」

一瞬ポカンとしたマイルちゃんが、可愛らしく右拳を上げて気合を入れた。

マイルちゃんを先頭に、スラちゃん百匹と共に向かうのは、スモールボア肉を預けたお肉屋さん。

彼女が店の中に入ると、店主のごっついおじさんと、もう一人の無精ひげのおじさんが見えた。

「マイル。干し肉は完成したぞ」

「は～い」

タタタッと小走りで、無精ひげのおじさんの隣に立って見上げるマイルちゃん。その表情はとても柔らかいものだ。

おじさんも少し口元を崩して、マイルちゃんの頭を乱暴に撫でてあげる。

綺麗に纏めていた髪がボサボサになる。

「父ちゃん～、今回の買い取りは全部セシルくんにお願いするからね？　父ちゃんが売っちゃダメだからね？」

「ちっ……お、俺だって！」

「ダメ。父ちゃんすぐに怒るから、良い商談が全部台無しになるから」

「ちげぇんだよ。あいつらが足元を見るのが悪いんだ！」

「知ってるってば。だからこそダメよ。今回はセシルくんに任せてね？　約束ね？」

「…………おい。小僧」

おじさんの視線が僕《スラちゃん》に向く。

「くっ……相変わらずのんきな声だな。今回はマイルの顔を立ててお前に任せてやるから、しっかり働いてくれ！」

「は～い」

「父ちゃん！　そんな言い方しないでってば！」

「ふん！」

あはは……このおじさんはマイルちゃんのお父さん。アネモネ商会の会頭でもある。まぁ、商会の切り盛りは、実は全部マイルちゃんがしてるけどね。五歳のときからずっとやってて、二年経った今では、そこら辺の店員よりずっと交渉上手なんだよね。

おじさんもマイルちゃんのお父さんらしく、ボサボサの赤みがかった茶髪だ。体つきは商会頭というのが不思議なくらい鍛え抜かれている。

筋肉量＝強さではないけど、おじさんの実力は相当なものだと思う。

「おじさん～、よろしく～」

「ったく……気が抜けてしまうぜ」

不満を言いながら、干し肉を鞄に入れて、スラちゃんたちに載せ始めた。

一匹の上に鞄を載せるともう一匹がさらに上に載り、鞄を挟む形でスラちゃんタワーになる。

これで、何があっても荷物がなくなることはない。雨が降っても水の中に入っても濡れることもない。

さらに、スラちゃんたち自身に重さもないので、鞄を挟んでも中身が潰れたりもしないのだ。

「行くぞ！」

「マイルちゃん、行ってくるね～」

「いってらっしゃい！　セシルくん、父ちゃんをお願いね～」

「俺は子どもじゃねえ！」

「任された～」

こうして、僕の計画通りアデランス町から、さらに北東にある大きな街に向かうこととなった。

町を出て、北に続いている道を歩き進める。

こういうときは、馬車を使うべきだと思うんだけど使わないみたい。馬車は狙われやすいのと、いざというときに対応が難しいっておじさんは言っていた。

一人で運べる量に限界があるってマイルちゃんが言っていたのは、こういうことだ。

うちのお父さんみたいに馬車を使うと、護衛とかも必要になり人手がいるからね。

「おい。セシル」

「ほ〜い」

「う、うちのマイルをどう思ってるんだ？」

後ろで「バキッ」って音が聞こえたけど、気にしない。

「頭もよくて働き者で、すごく偉いと思いますよ〜」

そう言うと、顔を見なくてもわかるくらい、おじさんから嬉しそうな気配が伝わってくる。

「う、うむ！　うちの娘は最高だぞ！」

「ふふっ。そういや、おじさん？　一つ聞いてもいいですか？」

「なんだ？」

「……マイルちゃんのお母さんのこと、知りたいです」

「…………」

アネモネ商会を経営しているのは、マイルちゃんとお父さん。たった二人だ。

それでも品揃えはいいし、買い取りも的確で仕事も素晴らしく、アデランス町の職人からの信頼も厚い。でもそれは、マイルちゃん一人だけがいい仕事をしているからではない。だって、彼女はまだ子どもなのだから。

町の職人たちの信頼を勝ち取っているのは、他でもないおじさんだ。そこにおばさんはいない。そもそも、二人暮らしなのだ。

前世でもそういう家はあるんだけど、僕が違和感を覚えたのは——マイルちゃんという小さな子どもを商会に一人置いて、おじさん一人で町の外に出ることだ。

商売のために、数日家を空ける日だって普通にある。今日だって、一日で帰れる旅路ではない。

だからこそ、おじさんの行動に違和感を覚えてしまった。

「それを聞いてどうするつもりだ？」

「どうもしませんよ。でもせっかくマイルちゃんとも出会えたし、アネモネ商会のことをもっと知りたいと思いました。これからも仲良くしたいですから」

「……事故で亡くなった。それだけさ」

「マイルちゃんの背中の傷は？」

「おい。何故それを知ってる」

「たまたま、水浴びするときに見えたんです」

後ろから再度、「バキッ」って木が折れる音が響く。

「……事故のときに負った傷だ。女房が守ってくれなかったらマイルの命が危うかった。それだけさ……マイルには言うなよ」

「は～い」

「ったく。いちいち気が抜ける返事しやがって……ちっ」

悪態をつきながら前を歩くおじさんの背中は、少し寂しそうな感じがした。

「セシル～、私たちはそろそろ狩りに行ってくるからね」

「は～い。いってらっしゃい～」

僕は、スラちゃんたちと一緒に、屋根裏部屋から出るリア姉とソフィに手を振る。

二人共、時間はそう長くとってないけど、毎日必ず子猪狩りには出かけている。

どうやらレベルを上げたり、スキルの熟練度を上げたり、戦いの経験をしたり、二人の魔法の連携経験を積むためとか……諸々の目的があるってリア姉は言っていた。

あの日の出来事を思えば、僕も一緒に行くべきだろうけど、スラちゃんを通して『危機感知』が使えるので、ここに残る選択をしてる。

だって――初めて見る村の外の景色。いろんな植物や地形、世界、魔物、どれも不思議なものばかりで、スクリーンを眺めているだけで、一日があっという間に過ぎるから。

無言で進むおじさんの背中と、ぼよんぼよんと響くスラちゃんたちの体の音がとても心地いい。どこまでも広がっている平原の先に見える青い空を、スクリーンを通して堪能しながら、お昼はみんなでリビングで食事をして、また僕はスクリーンを眺める。

午後からは、狩りを終えたリア姉とソフィに加えて、家事を終わらせたお母さんも来てくれて、紅茶とお菓子を食べる。夕方前になると、訓練を終えて、水浴びをしてさっぱりした兄さんたちも来てくれて、屋根裏部屋は秘密基地ならぬ、家族の憩いの場となった。

そんな日々が、さらに三日ほど続いた。

おじさんは道中、野宿をする。その間、眠らないスラちゃんたちが夜番をしながら護衛をしてくれる。

目的地であるニーア街まで、あと二日ほどとなった。

その日も、雨の気配一つない晴天だ。そんな気持ちのいい日だというのに、おじさんの行く手を阻む者たちがいた。小汚いだらけた格好の男たちだ。

「おい。その荷物を全部寄越せば、命ぐらいは助けてやる」

「ちっ。盗賊か」

ニーア街はかなり大きな街だけど、ここからだとそれなりに離れていて、警備隊の目も届かない。彼らもそれを知ってのことだろう。

「「「くっくっくっ」」」

下劣な笑みを浮かべた男たちは、その手に持つ剣や斧《おの》、槌《つち》をちらつかせた。

「おじさん？　僕がやっていい？」

「お、おう」

「じゃあ、スラちゃんたち～！　バトルフィールドぉぉぉぉ！」

『『『ばとる～！　ふぃ～るど～！』』』

護衛のスラちゃんたちが展開する。

みんな凛々しい顔で、荷物とスラちゃんたちとおじさんと指揮スラちゃん（スクリーンの主軸となるスラちゃん）を守るように整列する。

「ぷはははは！　スライムだとよ！」

「雑魚魔物が、なんか変な動きをしたぞ～！」

「ん？　スライム……？　聞いていた話とちょっと違うな」

ん？　聞いていた話……？　これは……聞かせてもらわないといけないね。

「スラちゃんたち！　バトル開始～！」

『『『ばとる～かいし～！』』』

前方に並んでいた十体のスラちゃんたちが、同時に走り出す。

「「速っ⁉」」

半数ずつ左右に分かれて素早く跳ぶ。

一気に距離を縮めたスラちゃんたちが、先制攻撃を始める。

『スライム～、弱パンチ～！』

『スライム～、弱キック～！』

『スライム～、弱頭突き～！』

スラちゃんたちが次々と盗賊たちを吹き飛ばした。

そのネーミングって、どこからきてるのかわからないけど、僕にはみんな体当たりにしか見えないんだよね。

「お、おい！　スライムごときに何をしてるんだ⁉」

「なんだこのスライム！　動きが見えねぇええええ！」

「助けてくれぇええええ！」

うん。思っていたよりも圧勝だった。

総勢三十人。武装した盗賊たちは、スラちゃんたちに一瞬で制圧されて、逃げ出す盗賊たちも全員捕まえた。

スラちゃんは、体を大きくできるだけでなく、形を変えることもできる。

今は、体を伸ばして紐のようになり、身動きを取らせないように、体をぐるぐる巻きにしている。

「おじさん。人数がずいぶんと多いですね？」

「そうだな――。たまたまというわけではなさそうだな」

「これだけの人数がいるのに、王国軍は何をしているんだろう？」

「……王国軍は王国軍で忙しいのさ」

おじさんは何かを考え込むが、それから何も話してくれなかった。

スラちゃんたちが盗賊たちを拘束したまま、次の街に向かって進んだ。

数時間後、盗賊たちが目を覚ましたが、全員、体はスラちゃんたちに拘束されて、口は布などで塞がれているので、誰一人身動きもできず声も出せずにいた。そして、現状を受け入れて肩を落としていた。

その日の夜。おじさんは盗賊のリーダーと思われる男に、いくつか質問をした。首を縦か横に振るだけの質問をしたけど、男はいっこうに答えようとしなかった。


盗賊たちに襲われてから二日後。

盗賊と荷物を抱えた大量のスライムたちが進む光景は、とても不思議で異世界らしいといえば異世界らしいかもしれない。

「あれがニーア街だぞ」

「すごい～！　大きい～！」

「くっくっ。やっぱり子どもみたいな反応だな」

「え？　僕、子どもだよ？」

「……そうだった。お前と話していると子どもっぽく感じないからな。忘れてたわ」

失礼な！　これでもれっきとした六歳だぞ！　体は。

おじさんともすっかり打ち解けて、タメ口になっている。

ニーア街に近付いていくと、前方から大勢の兵士がやってきた。

おじさんは、戦う意志がないことを表明するかのように、両手を上げてその場に止まる。

「失礼する。我々はイグライ――オルタ様!?」

「よ、よっ。久しぶりだな。いや、お久しぶりです」

「敬語なんてやめてください。我々は――」

「あーあー。そ、そんなことはどうでもいい。それよりこちらの盗賊たちを引き取ってほしい」

おじさん、兵士さんたちと知り合いなのかな？

「なるほど。わかりました。調書の件もあるので、我々と一緒に来ていただけますか？」

「ああ」

兵士さんが軽く敬礼をして、ニーア街に向かう。

おじさんは少し気まずそうな表情で、その後を追いかけた。

ニーア街は、僕が想像していたよりもずっと発展している街で、うちの村もアデランス町も高い建物なんて全然ないのに、外からでも見えるくらい高い建物がある。

むしろ二階建てなんて普通で、三階建てから五階建てのビルのような建物が多い。

リア姉から聞いたのは、うちの村にはいないけど、魔法を使って建物を建てる『建築魔法士』なんて職業があるらしい。

大通りを兵士さんについていくと、住民たちがこちらを興味ありげに見つめていた。

大勢の男たちが、スライムに拘束されている様子は、なかなか見られるものじゃないからね。

「ママ〜！　可愛い〜！」

沿道から、スラちゃんを指差して微笑む子どもの姿と、「そうね」と微笑む母の姿が見えた。

ふっふっふっ……！　うちのスラちゃんたちは可愛いんだから、存分に癒されるといいさ！

ニーア街はかなり広くて、基本的に街中《まちなか》も馬車で移動するらしい。だけど、盗賊たちもいるからそのまま歩き続け、高台に見える大きな城を目指す。

大きな街には、王国を象徴するかのような城が建てられていて、領主様が住んでいるという。

うちの村はまだ小さいからただのお家だけど、それでも村では一番大きいからね。

けっこう長い距離を進み、体感で一時間くらい歩いて、ようやく城に着いた。

すぐに城の兵士たちに盗賊たちを引き渡すと、スラちゃんたちは城の脇にある庭に集められ、武装した兵士さんたちに見張られる。

おじさんは、さっきの兵士さんと一緒に城の中に入ったが、スラちゃんは中に入れてもらえなかった。

スクリーンを映している指揮スラちゃんにお願いして、兵士さんに近付いてもらった。

すぐに身構える兵士さん。

「こんにちは～」

「は⁉　スライムが喋った⁉」

「僕は悪いスライムじゃないですよ～、お話ししましょう～」

「……悪い者は、自ら悪いとは言わないと思うが？」

「え～、でもさっきの盗賊たちは、自分たちは悪者だ～、って言ってましたよ？」

「……う、うむ。それもそうだな」

「ニーア街について、いろいろ教えてください～」

「スライムなのにずいぶんと賢いな？」

「こういう珍しいスライムだっているんですよ～」

「……世界って広いんだな」

うん。それは僕の台詞《せりふ》だけどね。

それから兵士さんに、ニーア街や王国の南部のことをいろいろ教えてもらった。最初こそ警戒していたけど、スラちゃんたちの愛くるしい姿に次第に表情が緩んで、そのうちスラちゃんたちを抱っこまでしてくれた。

イグライアンス王国は、珍しく王都が国土の中央に存在しており、そこから東西南北に大きく四つに分かれている。

僕が住んでいる村やアデランス町、ニーア街は王国南部に位置する。

王国南部の中でも一番大きな街が、ここニーア街だ。

ここからさらに南に行くと、アデランス町とうちの村があるけど、うちの村のことを知っている兵士さんは誰もいなかった。どちらかといえば、アデランス町という超田舎だけが印象に残っているみたい。

ここら辺一帯を牛耳っているのが——クザラ商会だということも知った。

しばらく広場で兵士さんたちと喋っていると、おじさんが出てきた。

「おじさん～」

「よ。待たせたな。ずいぶんと仲良くなったみたいだな？」

スラちゃんたちを抱きかかえて微笑んでいる兵士さんたちを見て、おじさんとおじさんの知り合いの兵士さんが、苦笑いを浮かべた。

「お前ら……見張れって言ったのに……」

「も、申し訳ございません！」

残念そうに、スラちゃんたちを地面に置いた兵士さんたちが、離れて整列する。

いつも笑顔のスラちゃんたちが、兵士さんたちを恋しそうに眺める様は、ご主人様から下ろされたペットそのものだ。

うちのスラちゃんたちは、村民たちとのふれあいが多いから、人懐っこいのがいいところだね！

「おじさん？　これからどうするの？」

「盗賊たちは引き渡したから、俺たちは予定通りにいくぞ」

「は～い。市場に行くんだよね？」

「ああ。ウェンダ、またな」

「はい。いつでも困ったことがあったら、俺を訪ねてください。オルタ様」

「様はよせ……俺はただの商人だぞ」

「そういうことにしておきます」

名残惜しそうにしている兵士さんたちに、手を振って城を後にする。スラちゃんたちが、手のように体を少し伸ばして体を震わせる姿が、ものすごく愛くるしい。

後ろで一緒に観ていたリア姉とソフィは、すぐに屋根裏部屋に一緒にいるスラちゃんに真似をさせていた。

うん。スクリーンを通した姿も実物も、めちゃくちゃ可愛い！

「おじさんって偉い人だったの？」

「……昔ちょっとな。忘れていいぞ」

「忘れません～」

「ちっ…………」

「マイルちゃんは知ってるの？」

「いや。知らない」

「そっか。じゃあ、貸し一つね～」

「お前、本当に六歳児なんだよな⁉」

「そうだよ？　会いにくる？」

「誰が死の道を通るかよ！」

「やっぱり、あそこって大変なんだ？」

「当然だ。スモールボアという、食べやすくて狩りやすい魔物が繁殖しているが……オークどもがいる森を越えないといけないからな」

「オークがいなかったら、気軽に来れるのかな～？」

「そりゃな。まあ、それよりも今は商品を売ることだな」

「そうだね～」

城から、またずいぶんと長い大通りを歩く。

相変わらず、スラちゃんたちの大行進を見守る人たちが多い。

大通りを進んでいくと現れたのは——数えきれないほどの人が集まっている市場だ。

商品を売る人、欲しいものを探している人、ただ手持ち無沙汰で眺めている人、値段を調べている人、いろいろな人がいて、圧倒的な数の人の波が目の前を埋め尽くす。

「すげぇ～‼」

「くっくっ。王国でも有数の市場はすごいか？」

「うん！　すごいよ！　こんなに人が多いって、想像もしたことないよ～！」

「村から外に出たことないって、言ってたもんな」

「うん！　マイルちゃんは来たことあるの？」

「いや。うちのマイルにも、いずれ見せたいとは思ってるさ。さて、場所を探すか」

「場所って、自由に決められるんでしたっけ」

「おう。自由市場だからな。ここでなら決められた場所内で、自由に商売できるのさ。ただ、王国法に乗っ取ったものならな」

自由市場というのは、とても面白いシステムだ。普通こういう王国だと場所を高額で貸して、多額の使用料を取るはずなのに、それを開放して、誰でも使えるようにしてるのはすごい。

それに、自由市場ならではのルールもあるようで、商売をしていた商人が、まだ商品があるのにもかかわらず店をたたんで離れ、その場所でまた新しい商人が店を開く姿が見えた。

自由市場の脇に建てられている五階建ての立派な建物の中に入ると、受付みたいになっていて、おじさんは慣れた様子で手続きを済ませた。どうやら管理組合みたい。

受付は、前世同様にみんな可愛らしいお姉ちゃんたちばかりで、彼女たちの視線がスラちゃんに向いたりしていた。

「今日は運がいいな。あまり待たずに店を開けそうだ」

「それはよかった～」

三十分くらい市場を見学して、こぢんまりとしたスペースを見つけ、自由市場管理組合の人と話してから店を開くことにした。

「おじさん。ほい～」

「おう。ありがとうよ」

屋根付き売場の内側に、スラちゃんたちが持ってきた荷物を積み重ねて、百匹はいるスラちゃんたちを小さくして荷物番をさせながら、店の陳列を手伝う。

「スモールボア干し肉、一切れ銅貨一枚～！」

おじさんは、大きな声で宣伝しながら、白板に炭ペンで値段を書いて掲示した。

異世界の貨幣は、どの国も統一されており、教会が管理しているという。貨幣は小銅貨が十円相当で、その十枚と同等が銅貨一枚で百円相当。小銀貨は銅貨十枚で千円相当。銀貨は小銀貨十枚で一万円相当。その上には金貨が存在していて、一枚で百万円相当なのもあって、大口取引でしか見られない。基本的には小銅貨、銅貨、小銀貨が主流だ。

それから約一時間。

売り始めて驚くくらい――まったく売れなかった。

店を開いて以降、最初は気のせいかなと思ったけど、誰一人おじさんが売っている干し肉を買ってくれない。

「おじさん」

「お、おう」

「やっぱりマイルちゃんが言ってた通り、売り方……下手なの？」

「う、うるせ！　そんなはずないんだがな……いつもなら飛ぶように売れるはずなのだが……

やっぱりおかしいな」

鋭い目で周りを見つめるおじさん。冗談……ではないみたいだね。

「セシル？」

一緒にスクリーンを眺めていたリア姉が、首を傾げた。

「あそこにいる人。ずっとこっちを見ているわ」

「えっ……？」

リア姉が指差したところには、少し目付きの悪い痩せた中年男性がいた。

「でも、全然違う方を向いているよ？」

「そうね。きっと――視野が広いんじゃないかしら」

「ん？」

「それにずっと見てて、何か変なことをしているわね」

「変なこと？」

「えっと……誰かに合図を出してる？」

リア姉が、なんの根拠もなく言うとは思えないので、こっそりスラちゃんたちを市場に散開させてみる。

スクリーンを四つ増やして、市場のいろんな場所を映しながら、一匹は例の男を重点的に映す。

「あ。気付かれたわ」

「え？」

「スラちゃんの存在。あの男に見つかってるわよ。ほら、何か合図を送っているわね」

「あの変な動き？」

男は、手や足で何か変な動きをしている。それはまるで――

「サインか。なるほど」

そのとき、男を見ていたスラちゃんは背後から――刃物で刺された。

「うお⁉」

スクリーンの真ん中に、大きな刃物が映る。

「スラちゃん。そのまま――死んだふりをしておやり！」

『あいあいさ～！』

うちのスラちゃんたちはとても有能だ。最近はどんどん強くなって打たれ強くなっていたので、こうやって刃物を通すだけもできるのだ。

スラちゃんは、体をふにゅふにゅ状態にする。

すると男が、スラちゃんを刺したまま持ち上げて、どこかに向かった。

「他のスラちゃんに、後をつけさせない方がいいわね。あの男にまた見つかるわ」

「わかった！」

それから男は、ゴミ捨て場と思われる場所に、スラちゃんを剣で刺したまま払いのけた。スラちゃんを捨てた男が、戻ろうとしたその瞬間、スラちゃんは超高速で男の背中に付着する。

男はそのまま、再び市場に戻っていき、またおじさんの店の近くに陣取った。

ここからおじさんの店は見えないけど、あの男からは見えるのか。

しばらく待っていると、男が動く。おじさんの店に近付いていき――一人の女性とぶつかった。しかもわざとらしい。

「おい。あの店を利用したら、後悔することになるぞ」

「ひい⁉　は、はい……」

彼女は、おじさんの店をチラ見して離れていった。

「「なるほど～」」

リア姉とソフィの声が被る。

干し肉がまったく売れなかったのは、おじさんの人相が悪いのが原因じゃないみたいだ。

「それにしてもとことん嫌われてるね。おじさんってトラブルメーカーなのかな？」

「ぷぷっ。セシルに言われるとおじさんが可哀想だよ？」

「え～、僕は普通だよ？」

「「普通ぅ？」」

同時に首を傾げる二人。腑に落ちないけど、二人の可愛さを見れたのならいいか。

「スラちゃん。男のポケットに忍び込んで」

『は～い』

スラちゃんは、薄いハンカチのような形に変化して、男の尻ポケットの中に忍び込んだ。

そこからちょっとだけスラちゃんが体を出すと、スクリーンを映せる。

これが……人のお尻からの景色なんだな……。

僕の心の声を聞いたのか、リア姉とソフィはあきらかに嫌そうな表情になる。

しばらく観察を続けていると、おじさんは腑に落ちない表情で店をたたみ始めた。ただ、おじさんだって普通の人よりもずっと賢いので、男たちに気付いていた気もする。

本来なら、干し肉を全部売ってスラちゃんたちを小さくするつもりだったけど、それができなかったのは想定外だった。

「仕方ねぇな。商会に売りにいくか……」

おじさんは溜息を吐いて、ある場所に向かった。

自由市場があるおかげで、値段も自由に設定できる。干し肉一切れを銅貨一枚で売っているが、これは通常販売額の半額以下である。これでも十分利益が取れる。ではどうして通常販売額が高いのか。それは、流通商会がそういう値段に吊り上げているからだ。

ニーア街には、小さいところから大手まで、たくさんの商会がある。

おじさんは、知り合いだという商会をいくつか回って交渉をした。でも――全ての商会から買い取りを断られた。

「おじさんって……人望ないね」

「う、うるせぇ！」

「ふふっ。冗談だよ？」

「わかってるわ！　それで、調べた場所はどこなんだ？」

「えっ？　気付いていたの？」

「そりゃな。帰ってきたスライムが一匹足りないからな」

でもおじさん……すでに犯人を知っているよね？　と聞くのは無粋な質問というものだ。

「おじさん一人で乗り込むの？」

「そうするしかないだろう？」

「え～、やめておきなよ。おじさんが強いのは知ってるけど、そうさせちゃうと僕がマイルちゃんに怒られちゃう」

おじさんは、なんともいえない複雑そうな表情を浮かべた。

「大丈夫。僕にいい考えがあるんだ」

おじさん……？　そんな目を細めて僕を見ないで……？

それからおじさんには近くの宿屋を取ってもらい、少し待っててもらうことにした。

僕は、リア姉とソフィとこれからの作戦を考えて、実行することにした。


数日後。

スクリーンに映っているのは、悪そうな顔のおっさん。悪の親玉みたいな男だ。

「くくくく〜。私たちは悪い大人たちだ〜」

「悪い子はいねぇかぁ〜」

リア姉とソフィが、スクリーンに合わせてアテレコを始める。

それに合わせて、お母さんと兄さんたちは大笑いをする。

彼らは——おじさんの店を邪魔した犯人であり、うちのお父さんをずっと食い物にしていた者たちでもある。

「くっくっくっ。あの男はどうだった？」

「間抜けな表情をしてましたね。これも全部、クザラ様に逆らった罰というものです」

「がーははははっ！　あのクズが、騎士団長だった頃に、俺様にたてついたからな」

「そうですとも！　あの嫁はもったいなかったですけど、結果的には……」

「ああ。本当にもったいないことになった。あのまま――」

お母さんからの無言の圧力により、スラちゃんが一瞬で凍りついて、声が聞こえなくなった。

「うん？　スラちゃん？　どうしたの？」

『な、なんでもないぽよ～』

「そっか。変なスラちゃん～」

「それにしてもクザラ商会……いろいろ酷いことをしたみたいだわ」

震えていたスラちゃんが、少し穏やかな表情になって、またスクリーンの声を届けてくれる。

「クザラ様。あの田舎村はどうします？」

「変な若造の村か」

変な若造って言葉で、またスラちゃんが震えあがる。

ちらっと後ろを見ると、お母さんから一瞬だけ黒い靄《もや》みたいなのが出ていた。

「うん？　セシルちゃん？　どうしたの？」

「な、なんでもないよ！」

僕は何も知りません！　何も見ていません！

「どうせ、アネモネ商会が潰れたら泣きついてくるだろう。今までの三倍吹っかけてやれ！」

「かしこまりました。くっくっくっ。あの若造も自分の立場を理解するはずです」

「うむ。たかが辺境領主の分際で我が商会を拒むとは……後悔させてやるぞ！」

悪い男二人は、卑しい笑い声を上げた。

――そのとき。

ドーンと大きな音が響いて、建物丸ごと大きく揺れた。

「な、何事だ！」

扉が乱暴に開いて、慌てた様子で大柄の男が入ってきた。

「クザラ様！　大変です！　そ、空から――スライムが落ちてきました！」

「……は？」

「スライムが落ちてきたんです！」

「スライムごときに、なんでこうなるんだ！」

「それが、普通のスライムじゃないんです！」

舌打ちをしたクザラは、部屋から急いで外に出た。

そこで待っていたのは――。

「「「なんじゃこりゃあああああ！」」」

クザラたちの前に立ちはだかるのは――可愛らしいボディとつぶらな瞳がキュートな……超巨大スライム。

どれくらい大きいかというと、五階建ての建物が点在するニーア街でも、建物の上にスライムの体が見えるほどには大きい。

そして――、

「僕は～悪い～スライムじゃ～ないよおおお～！」

ニーア街に僕の声が鳴り響く。

そう！　このスライムは当然、うちのスラちゃんだ。

一匹では大きくなっても、大人くらいの大きさにしかなれないスラちゃんたちだったが――なんと！　魔力操作のポイントが五万を突破したら、キングスライムに合体できるようになったのだ！

スラちゃんたちは、意志は共有しているし、それぞれの個体には僕の魔力操作の糸が全員に繋がっている。

「「「スライムが喋ったあああああ！」」」

「ここに～悪い～人たちが～住んでると～聞いて～きたの～」

今度はソフィが喋る。うん。可愛い。

大騒ぎとなって何人もの人が集まる。さらに建物を守っていた人たちが、スラちゃんを攻撃するのだが、魔法も剣も矢もどれも効かない。スラちゃんたちが合体して大きくなっただけなら、これだけの多くの攻撃にやられていたかもしれない。でも、キングスライムとなったスラちゃんたちは、一気に強力な魔物へと変貌した。

見た目通りの強さにはなったが、スピードがとんでもなく遅くなった。といっても大きいので、ひとっ飛びの距離が結構長いけどね。次に強化されたのは、防御力。魔法に対する耐性もさることながら、物理攻撃を跳ね返す力が凄まじく、矢が飛んできても「ぷよん～」と音を立てて、刺さることなく地面に落ちていく。剣による攻撃も、斬りつけても跳ね返ってしまうのだと、あのお父さんまでもが溜息を吐くほどだった。

「罪を～告白～しなさい～！」

リア姉の神々しい声が街に鳴り響く。リア姉の声って、不思議と心が揺さぶられるのよね。きっと才能のせいなんだろうね。

城からも、兵士さんたちがやってくるのが見えるけど、かなり遠いので時間がかかりそうだ。

「クザラ商会は～悪いことを～いっぱい～やっているんだな～罰だな～」

「なんだこの、異様に力が抜ける声は！」

失敬な！　僕の声は、力が抜ける声じゃないよ！

――――【スキル『脱力』を獲得しました。】

……ちょっと待ってくれよ。

「クザラ商会～これまでの悪さを全部暴くぞ～！」

それと同時に――ある兵士たちがスライムに跨り、空から・・クザラ商会に乗り込んだ。

「王国軍だ！　クザラ商会に王国法違反の疑いがある！　調べさせてもらうぞ！」

美しい赤色の髪がなびいて、凛々しい声がクザラ商会の前に響き渡る。

「あらやだ～、あの人ったら……かっこいいわ～」

お母さん？　ここは頬を赤くする場面ではないと思うよ？

クザラは、顔色を変えて建物の中に入っていった。

それにしても、普段着ない王国の紋章が入った鎧を着たお父さん。めちゃめちゃかっこいい！

元々、王国軍に所属していたというお父さん。今では領主だから、あまり着る機会がないという。だけど、鎧を着たときはすごい迫力を感じた。スクリーン越しでもそれが伝わる。

クザラ商会の悪さを暴くのに王国軍に頼ることはできないと思い、お父さんに相談したら、こうしてお父さんが自ら行ってくれることになった。

スラちゃんたちがずっと走ってくれたとはいえ、うちの村からニーア街までかなり遠い。おじさんにもニーア街で数日待ってもらうことになったので、マイルちゃんにもちゃんと事情を話している。

今では六つに増えたスクリーン。中央にはお父さんが映っていて、その他五か所は店内を映している。

そのうちの一つに、慌てて部屋に入ってくるクザラの姿があった。

そして、彼と僕の目が合った。いや、僕ではなくて現地でのスラちゃんだ。

「スライム!? なぜこんなところにもスライムが！ なっ！ そ、それはあああ！」

「僕は悪いスライムじゃないよ～」

すぐに近付いてきて、スラちゃんを鷲掴みにするクザラ。

「は、吐け！ その書類を吐けえええぇ！」

「え～、やだよ～？」

クザラは、スラちゃんを全力で叩いてくるが、毎回「ぼよ～ん」と音を立てて腕が跳ね返る。

スラちゃんの体の中にあるのは、いわゆる――機密書類だ。悪事が次第に溜まっていくと記憶するだけでは大変だから、こうして書面で残すようにしていたみたい。おかげで証拠になるので大助かりだ。

部屋の扉が乱暴に開かれると、うちの村の衛兵さんとお父さんが入ってくる。

「クザラ殿。このまま拘束させてもらう」

「ふ、ふざけるな！ 俺を誰だと思ってる！」

「裏でいろいろ悪事を企んでいる――外道」

お父さんの冷たい視線がクザラに向く。屋根裏部屋では感じられない何かが現地にはあるのか、クザラがその場で尻もちをついて震えあがる。

「今まで、多くの民や商人を食い物にしてきた罪。そう軽くないぞ」

「お、俺は……」

「証拠は全て確保している。その書類だけじゃない。お前たちに加担していた盗賊たちからも、証言が取れている」

「そんなバカな！　あいつらが言うはずが……」

「裁判で全てを吐いてもらうぞ。連れていけ」

「「はっ！」」

うちの衛兵さんたちが、倒れ込むクザラに素早く縄をかける。

あまりの手際の良さに驚いていると、お母さんが「みんな昔は、王国軍の衛兵の仕事をしてたからね～」と教えてくれた。

商会内にある証拠は、スラちゃんたちが全て確保している。いろんな人たちが証拠隠滅のためにスラちゃんに挑戦するけど、誰一人奪うことができなかった。

意外というか……スラちゃんが強いのか、クザラ商会の人たちが弱いのか。

遅れて城からやってきた兵士たちによって、クザラを含む商会の人たちが捕まっていく。全ての証拠が、スラちゃんたちの体の中にあるから諦めたみたいだ。

「初めまして。ルーク殿」

お父さんの後ろからおじさんが声をかける。二人が直接会うのは初めてだ。

「初めまして。セシルの父、ルークです」

「マイルから話は聞いていたが……まさか貴方のような方に会えるとは。光栄です」

「いやいや、私なんてまだまだです。それよりいろいろ聞きました。オルタさんは以前――」

「いやいや、そんな昔話なんて……今はただのしがない商人で、娘のおかげでなんとかなっている身です」

いつものちゃらんぽらんなおじさんが、かしこまってる……。

「お父さん……いったい何者？」

「セシルちゃん？　お父さんはお父さんなのよ？」

そりゃそうだ。

お父さんが、僕とお母さんの声が聞こえたのか、苦笑いを浮かべてスラちゃんをポンポンと優しく撫でてくれる。

「それにしても、セシルのお父さんがルーク殿だとは。これはいろいろ納得いくものですな」

「いやいや……俺なんかと比べられる子じゃありませんよ」

「ルーク殿でもですか……」

「ええ。もう毎日何をしでかすかわからなくて……」

「え～！　僕をそんなトラブルメーカーみたいに言わないでよ～！」

お父さんもお母さんも、おじさんもお姉ちゃんもお兄ちゃんも妹も、みんな一斉に大笑いした。

クザラ商会の前には、ものすごい人数の野次馬が集まり、何事かと覗き込んでいる。

クザラ商会の人たちが連れていかれる中、一人の兵士がおじさんのところにやってきた。先日、盗賊の一件を対応してくれたニーア街の兵士長のウェンダさんだ。

「オルタ様……これはいったい……？」

「俺に聞くな。そこのスライムにセシルって呼びかけたら答えてくれるさ」

「……なるほど。兵士たちが喋るスライムがいると言っていたのは、彼が原因なんですね」

「僕～、悪いスライムじゃないよ～」

「こんな調子だ」

降りてきたおじさんの腕が、スラちゃんにぽよ～んと跳ね返る。

「セシルくんでいいのかい？」

「それで、クザラ商会の悪事を示す証拠があると聞いたが、本当かい？」

「は～い！」

「は～い～！」

スラちゃんが集めた証拠を、まとめてウェンダさんに渡す。

「ふむ。だが、これだけだと裁判で証拠になるだろうか……？」

「書類だけだとなかなか難しいな。自分たちが作ったものじゃないって言い張ればいいからな」

「それなら大丈夫だよ～。ちゃんと証拠も取ってあるから～」

「またなんの悪だくみをしてるんだ⁉」

「またじゃないよ？　悪だくみじゃないよ？」

「可愛らしく、それっぽく言うな！」

またおじさんの腕が、スラちゃんに落ちてきてぽよ～んと音を立てる。何回拳骨をされたのやら……。

「まあ、悩んでも仕方がない。証拠を持って裁判に向かうか」

「ですね。セシルくん。君は裁判は初めてだったね？」

「そうです～」

「……もしかしたら、少し嫌な思いをするかもしれない」

「お母さんから聞いてます～。揉み消される場合もあるって」

「ああ。それにしても声からして子どものようなのに、賢いね？」

「えっへん！　お父さんとお母さんの子どもですから！」

「あ、あはは……」

スラちゃんにも、そのまま裁判所に向かってもらう。

異世界にも裁判所があり、それを仕切るのは『教会』というところだ。

お母さん曰く。昔はお母さんも教会にいたけど、今はもう教会からは離れてうちの村に住んでいるみたい。でも今でも教会に籍は置いてるって。

教会は中立をモットーに、全ての国の民のために存在している。だけど、やはり腐敗したものがあるっぽい。お母さんは濁して言ってたけど、要はそういうことだよね。

クザラ商会が、いろんな悪事を働いていたのに、裁かれていないのがその証拠だ。

でも、いくら裏金的なものを受け取っていても、表向きは正義の味方なので、これからの裁判がとても楽しみだ。

スクリーンに映る景色が、青空から大きな建物に変わる。

白を基調にして、純白さを強調しているかのような色彩。神殿を思わせるような無駄に太い柱には天使が彫刻されていて、より美しさを際立たせている。

何十メートルもある天井の天窓から光が差し込んで、そこは世界に神がいると信じてしまうくらい神秘的な光景だった。

「セシル。綺麗だね」

リア姉が目を輝かせる。

「うん……！」

異世界に生まれて、いつか外の世界に出て、いろんな景色を見たいと思っていた。

例えば、空に浮かんでいる太陽や月のようなものが前世とは違い、太陽は沈むことはなく、浮かんだまま明るくなったり暗くなったりする。前世では直視できないまぶしさの太陽だったが、この世界の太陽は直視できる。夜は赤色と青色の月が二つ浮かぶけど、これは常時浮かんでいて、太陽が夜になると明かりを消すので見えるのだそうだ。

と、他にもまだ見ぬ世界を見てみたい。

それが、今まさに目の前に広がっている。村でも十分すぎるくらい異世界だけど、それをも遥かに超えた壮大な世界がここにはあった。

スラちゃんが、元気よく床を滑りながら進んでいくと、太い柱を次々と通り過ぎ、やがて広いスペースが現れた。

「ここは礼拝堂といって、みんなで女神様に祈りを捧げる場所なのよ」

お母さんが説明してくれる。僕たちはそれを興味津々に聞く。

ちなみに、『裁判所』と『教会』は同じ団体である。だから、裁判も教会で行われるが、目的によって呼び名が違うだけ。『教会』は女神様に祈り、祝福を授かる場所。『裁判所』は、女神様に是非を問い、裁きを受ける場所、という感じだ。

礼拝堂の祭壇の近くに、白い服に金色の装飾が付いている、威厳のある神父のような人たちが数人いる。中央には少し震えているクザラの姿があって、兵士たちが周りを囲んでいた。

スラちゃんの視線がぐいっと高くなる。お父さんに抱き上げられたからだ。

「セシル。絶対にスラちゃんを勝手に動かさないようにな。魔物だって一瞬で消滅させられかねないからな」

「あいっ！」

スラちゃんの体を、ぽよんぽよんと揺らす音が聞こえた。

「集まったようだな。では、裁判を執り行う！」

中年の神父がそう言うと、白髪が目立つ高齢の神父さんが登壇する。

見た目だけならおじいちゃんなんだけど、それだけじゃない。スクリーン越しでもわかるくらい、おじいちゃんからは強者の雰囲気が伝わってきた。

「彼は、うちの王国の南部を司っているアルヴィン大司教様よ」

「もしかして、すごい才能を持っている？」

「そうね。教会でも司教以上は全員が聖職者系統の才能を持っているわ。上位才能以上を持っていないと、大司教や枢機卿《すうききょう》にはなれないわね。枢機卿の中から教皇が選ばれるから、すごい才能を持っているのは確かかね」

才能を持つ人は多い。持つだけなら。でも上位才能となれば、ほんのひと握りだ。しかも聖職者系統に限ると、より希少になるはず。

それだけで嫌な予感がする。

大司教が祭壇に立ち、その鋭い視線で礼拝堂内を見渡した。

「本日は、緊急裁判を執り行う。クザラ商会のオーナーであるクザラ殿に、王国法違反の疑いがあった。王国法を基準に進める！」

僕が不思議そうにしていると、お母さんがさらに説明してくれる。

「教会はね、各国にあるから、その国の法律を一番遵守してくれるの。教会のルールと違っていても王国法が優先されるのよ」

それから兵士に、クザラにかけられた容疑を供述してもらう。おおむね、他の商会を武力で抑え込んで、盗賊を使い、荷物を奪ったり命を奪ったりしたというところだ。

「わ、私は無実です！　そんなことはしていません！」

やっぱり、無罪を主張するんだ。

「証拠となる書類でございます」

兵士が、いくつかの書類を大司教に渡す。彼は受け取った書類を素早く覗き込む。

「クザラ殿。この書類はどういうことでしょう？」

「し、知りません！　それも全て、アネモネ商会が作った偽物なんです！」

「アネモネ商会？」

「今回、告発をした商会です」

「当人をここに」

長椅子に座っていたおじさんが立ち上がり、祭壇の前に出ていった。

「アネモネ商会の会頭のオルタと申します」

「其方《そちら》は……」

「しがない商人でございます。今回の件ですが、私は、アデランス町からニーア街に来る間に盗賊に襲われました。全員捕まえて尋問した結果、クザラ商会の差し金ってことがわかりました。それから調べた結果、その証拠が出ております。証人もおります」

「では証人をここに」

すぐに盗賊団のリーダーが連れてこられる。

「盗賊団のリーダーの男です」

「其方に聞こう。全てを企んだのは誰だ？」

礼拝堂に厳格な声が響いていく。

顔が真っ青な盗賊はクザラを見つめた。クザラも目を真っ赤に染めて、盗賊を睨み返す。

ビクッとなった盗賊は、すぐに視線をおじさんに移して声を上げた。

「お、俺は……そ、その男にお金で買われて盗賊を装えと言われました！　病気の娘を助けるために……俺はなんて酷いことをしたんだ……本当に申し訳ございませんでしたあああ！」

礼拝堂に、動揺する傍聴人たちの声がざわめく。

そんな中、目頭を押さえる兵士や溜息を吐くオルタさん、そして、拳を握りしめるお父さん。

これが教会の腐敗した実態なんだ。

「リア姉。ソフィ。いくよ」

「うん！」

スクリーンの前にリア姉が立ち、ソフィと僕と手を繋ぐ。

僕を通して、リア姉とソフィの魔力が繋がる。そして、スラちゃんにも。

「待ちなさい」

リア姉の綺麗な声が、屋根裏部屋からスラちゃんを通って、礼拝堂のお父さんが抱きかかえたスラちゃんから、驚くほど大きく鳴り響いた。

これは、僕が考えたスピーカーと同じ原理で、拾った声をより大きくして出すものだ。

「セシル……またおまえは……いや、元々こうするつもりだったんだな？」

お父さんがボソッと呟いた。リア姉は続ける。

「その証言には誤りがございます」

「だ、誰だ！」

慌てる声に応えるかのように、お父さんが立ち上がる。そして、スラちゃんを空高く掲げた。

「私は～悪いスライムじゃないよ～」

リア姉が僕の口調を真似る。うん。可愛い。この文言、世界的に流行らないかな……？

「喋るスライム……？」

「そこの男の人！　嘘を言ってはいけません。昨日は私の前で、ちゃんと懺悔しましたよね？」

「ひ、ひぃ⁉」

盗賊の顔がより青ざめる。

実は、全ての証言はリア姉から聞き出しているのだ。懺悔という名で。

「も、申し訳ありません……大司教様に言われて……」

盗賊の言葉に、礼拝堂がものすごい驚きの声で騒然となった。

「し、静かに！」

司会をしていた中年の神父が、声を上げても収まらない。

だって、中立を謳う教会が、まさか嘘をでっち上げるはずはないからだ。

全ての視線が盗賊に注がれる中、お父さんは素早く盗賊の元に駆けつける。

その速度は目にも止まらぬ速さで、盗賊の前にスラちゃんを下ろした。

「もう一度聞きましょう」

スラちゃんの体から――神々しい光が放たれて、礼拝堂にいる人々を包み込んだ。

隣のリア姉は、握っている右手はそのままに、左手を胸元に寄せて、悲し気な表情を浮かべて問いかけた。

「本当のことを言ってください。貴方がアネモネ商会を襲った理由はなんですか？」

あまりにも神々しいスラちゃんに、ガヤガヤしていた礼拝堂は一斉に静まり、さらには神父さんたちもその場に跪き、祈りを捧げ始めるほどだった。

「あ……あぁ……女神様……お、俺は……クザラ商会に依頼されて、今まで多くの命を奪ってきました。アネモネ商会も、同じく依頼されて命を奪おうとしました……俺はなんてことを……」

両目から溢れる涙を流しながら、盗賊はその場に土下座し、ごめんなさいの言葉を繰り返しながら、自分の罪を全て自白し始めた。


空高く掲げられたスラちゃんから、神々しい光が放たれる。

これは、僕が出しているのではなく、リア姉の祈りによるものだ。

実際のリア姉の体は、これほど目に見えて光ったりはしないんだけど、僕を通してスラちゃんからだと、とんでもない勢いで溢れ出るみたい。しかも、光は少しずつ霧みたいになって、礼拝堂が光り輝くキラキラした霧で、充満するようになった。

そのとき、祭壇で鋭い眼光を向けていた大司教が声を上げた。

「お、おぉ……女神様じゃ！　女神様が降臨なされたのじゃああああ！」

……おじいちゃん。酔ってるのかな？

どこからどう見ても光ってるだけのスライムなのに、それに向かって跪き祈り始めた。

まあ、うちのリア姉が女神なのは事実なんだけど！

僕の右手を握っているソフィの手に力が入る。ものすごい怖い表情で僕を見上げていた。

「大司教アルウィン」

「おおお！　わたくしめなんかの名前を……」

「私は――悲しんでおります」

「⁉」

「教会の三原則を覚えておりますか？」

「も、もちろんでございます！　力ある者は弱き者を助ける！　困った隣人には手を差し伸べてお互いに支え合う！　日々生きることに感謝しながら生きる！　でございます！」

気のせいかな？　さっきまでどこか怠《だる》そうにしていたのに、めちゃ元気になってる気がする。

「では大司教アルウィン。貴方はニーア街で最も模範となるべき存在なのに、それを——怠っておりましたね？」

「⁉　そ、それは……」

「さあ、光の中で懺悔なさい」

「は、はい！」

大司教は、ものすごい勢いで鼻水を垂らしながら大泣きして、今まで自分が行った怠惰なことを告白し始めた。

大司教だけじゃない。その場に集まっていた住民たちも全員が跪き、祈りを捧げながら懺悔を始める。

みんな一斉に懺悔しているから、誰がどんな悪事を行ったのか全然聞き取れない。まあ、近かった大司教だけが権力に目がくらみ、違法と知りながら見て見ぬふりをしたり、嘘の裁判をしたりと悪事を繰り返していたことは聞こえた。

「さあ。皆さん。頭を上げてください」

懺悔の声が響き渡っていた礼拝堂が一斉に静かになり、みんなが涙に濡れた目でスラちゃんに注目する。

「私は——貴方たちを許します」

「「「女神様あああああ」」」

「これからは隣人を助け、弱き者にも手を差し伸べながら、余裕のある生活を送るようにしてください」

「「「はい！」」」

「それでは、天啓《てんけい》を授けます」

え？　天啓……？

「——僕は悪いスライムじゃないよ〜」

「「「僕は悪いスライムじゃないよ〜」」」

「——セシルさまに感謝を〜」

「「「セシルさまに感謝を〜」」」

リア姉!?

「これで天啓は終わります。スライムたちを受け入れて生活しなさい」

「「「はいっ！」」」

直後、スラちゃんから光が消えるとともに、礼拝堂には割れんばかりの歓声が上がった。

そんな中、お父さんとおじさんだけが、腹を抱えて笑っている姿が見える。

「リア姉⁉　どうして僕⁉」

「え？　だって——当然のことを言っただけだよ？　ね？　ソフィちゃん」

「そうね！　間違いないわ！　ね？」

キリッとした視線が、ノア兄さんたちに向けられる。

三人ともに一瞬ブルッと震えた後、「うん！　そうだね！　うちのセシル、可愛い～」と寸分たがわぬタイミングで合唱した。

さすがは、日々を共にするきょうだいだね……。

「ね？　お母さん」

「当然よね～！」

最後にお母さんが、後ろから僕を抱きしめる。

背中にスラちゃんを感じる。

ん……？　スラちゃん？

リア姉とソフィが、まるでおぞましいものでも見ているかのような視線を僕に向けていたけど、僕は知らないふりをしながらスクリーンに集中した。

スクリーンの中では、大勢の知らない人たちが「セシルさま～！　セシルさま～！」と大声を上げながら盛り上がっていた。

それからの動きは早かった。大司教アルウィンは自らを戒めるように——ものすごくアクティブに慈善活動をするようになった。

今まで、クザラ商会によって嫌がらせにあった人々や商会に対して、全力援助が始まる。

クザラ商会の全財産は、王国によって没収されたけど、大司教アルウィンによって全て援助に回すことになった。

王国内でも大司教は二人しかいないので、ものすごい権力を持っているし、彼の弟子が現在の教皇と、枢機卿に一人いるみたい。

リア姉が、遊び半分で言ってしまった「セシルさま」という言葉が一人歩きしてしまい、女神様から、天啓を与えられた使徒様として呼ばれるようになったんだけど、僕が「セシルさま」なのは、実は誰も知らない。リア姉は僕を指して言ったけど、僕はあの場にはいなかったし、僕という人物を知っている人は、ニーア街には誰一人いないからね。

ただ、「セシルさま」よりも、「僕は悪いスライムじゃないよ～」の方が効果が大きかった。

ニーア街の住民のほとんどが教会の信者のようで、全員がスライムを神聖視し始めた。

それによって、うちのスラちゃんたちが歩くと、みんな祈ってくれたり撫でてくれたりと、スラちゃんたちにとっても、よい街に変貌し始めたのだ。

その日からリア姉とソフィは、スラちゃんを使ってよく大司教と話すようになった。

二人というより大司教が、どうしてもリア姉と話したがっており、これからの相談だったりを二人でよくするようになった。

裁判から数日後。ソフィが、スクリーン前で腕を組み、ドヤ顔しながら見つめている。

「ウィン！　よくやったわ～」

「ははっ！　ありがたき幸せ！」

頭の上に乗っているスラちゃんが、手を伸ばしてぽよん～と、優しく大司教の頭を叩く。

「次は孤児院ね！　例の件は進めてくれたかしら？」

「ははっ！　王国南部にいる全ての孤児院を統合し、一か所に集まってもらいました！」

「偉いわ！」

「嬉しゅうございます！」

「これから、孤児院の配給を三倍に増やすのよ！」

「かしこまりました！」

「これも全て——セシル様のお示しだからね！」

「ありがたき幸せ……！　セシル様のお言葉をちょうだいできるなんて……！」

「お兄——ごほん。セシル様から天啓を授けるわ！」

「おおおお！」

「子どもは人類の未来である！　彼らを育てることこそが人類が明るくなる方法である！　それはやがて力となり、我々を守る力ともなるであろう！」

「おおおお！　まさにその通りでございます！　子どもを大事にするように触れ回ります！」

「当然ね！　もちろん孤児だけじゃないわ。両親が忙しくて寂しくしている子どもも、貧しい家に生まれた子どもも、みんなお腹いっぱいに食べさせて、文字を教え、算数を教えるのよ～！」

「ははっ！　――ソフィ様」

「うん？」

「その、算数ってなんでございましょう？」

「うむ！　計算の一種なの！　算数は私が教えるから問題ないの！」

「ははっ！　計算にも新しい教えがあるのですね。子どもたちは幸せ者ですな～、ソフィ様の恩恵にあずかれるなんて！」

「そんなことないわ！　私よりセシル様に感謝なさい！」

「ははっ！　セシル様。いつも我々を見守ってくださり、ありがとうございます！」

……僕がたった一言、「ご飯を食べられない子どもがいるの？　可哀想だね……なんとかしてあげたいな」と言っただけで、リア姉とソフィによってどんどん改革が進んだ。

……どうしてこうなった！

――【スキル『天啓』を獲得しました。】

スキル：
魔力操作＝60112／99999
スライムテイマー＝13339／49999
応援＝91076／99999
危機感知＝121／99999
威圧耐性＝972／99999
魔力回復＝1489／99999
脱力＝777／999
天啓＝コンプリート
進化＝コンプリート
疾風迅雷＝コンプリート

第五章　辺境開拓

ニーア街では、教会による慈善活動が活発になった。

そのどれもリア姉とソフィの作戦によるもので、今では毎日スラちゃんを通して大司教に指示を出している。

向こうが安定したこともあり、うちの村にも平穏が訪れた。

それによって――僕たちは東の森で子猪を大量に狩っている。当然、アネモネ商会に押し付けるためである！

と、そんな日々が十日ほど続いたら、スライムテイマーの熟練度がどんどん上がり、増々強くなっていった。それによって、東の森でスラちゃんたちの仕事がなくなり始めた。

一匹のスラちゃんが狩れる量が増えたので、自然と何もすることがなくなったスラちゃんたちが増えたのだ。

「ということです！　お父さん！　お母さん！」

「「ダメ！」」

「え～、いつもダメダメばかり……」

「セシル？　君はまだ六歳だよ？　まさか――六歳児が西の森に入りたいだなんて、とてもじゃないけど、許すわけにはいかないんだ」

僕が両親に訴えたのは、狩場となっている東の森に加えて、西の森への立ち入り許可だ。

うちの村での魔物の強さでいうと、弱い順で一番目は東の森の子猪、二番目は西の森のウルフ、三番目は東の森の奥の巨大猪、四番目は西の森の奥のダークウルフ、五番目は北の森のオーク、最後は超えられない壁があり、南の森の魔物が存在する。

以前にも出会った巨大猪の強力さから、この順番は絶対的な差を表す。

「西に住むウルフは、刺激しなければこちらに出向くことはない。危険な場所にわざわざ入る必要はないだろう」

「スラちゃんたちが働けなくて、こんなにも痩せたんだよ!?」

僕の両腕の中で、落ち込んでふにゃふにゃになったスラちゃんを見せる。

これは冗談でも演技でも何でもなく、本当にスラちゃんが働けずにご飯をもらえないかも、と不安になり、気が休まらずにこうなったのだ。

昔のスラちゃんたちなら、与えられるご飯をただ喜んで食べて、僕たちのためになることをしていただけだけど、進化して強くなったスラちゃんたちは、『働く』ということを理解し始めていた。

『ご主人様に、捨てられたくないよぉ……』

「スラちゃん？　働かなくても僕は捨てたりしないよ？」

『ほんとぉ……？』

「もちろんだよ。だって、みんなにはたくさん助けてもらったし」

ほんの少しだけ元気そうになったスラちゃんだが、相変わらず全身はふにゃふにゃのままだ。

「お父さん！　お母さん！」

「このままスラちゃんたちが、ふにゃふにゃになっていいの!?」

「「…………」」

「それでは困るが…………」

「じゃ、じゃあ！　僕は入らず、スラちゃんたちだけで入るのは許してくれる？」

「まあ、それなら構わないが……」

お父さんの言葉にスラちゃんがビクッと起き上がり、つぶらな瞳でお父さんを見上げた。

うん。すごく可愛いし、覚悟が伝わるようだ。

「はあ……スラちゃんが働きたいなら止めはしないが、西の森は、強力な魔物『ウルフ』が群れを成しているからな？　無理をしてケガをしないようにな？」

『あいっ！　ご主人様のお父様！　ありがとう～！』

「ありがとうだって～」

苦笑いを浮かべたお父さんは、手を伸ばしてスラちゃんを優しく撫でてあげた。

「セシル。君は絶対に入っちゃダメだからな」

「ちゃんと守るよ！」

お父さん？　息子をそんな疑うような目で見ないで？

それから、スラちゃんたちで戦闘隊を組み、西の森の前に集まった。

総勢五百匹のスラちゃん。全体の約四分の一だ。

これだけの数のスラちゃんが、一か所に集まると壮観だね～。

「スラちゃんたち！　決して単独行動は禁止だよ！　みんなで力を合わせてね！　それと座右の銘を！」

『あいっ！　ライオンがウサギを狩るときも全力を尽くす！』

『『『尽くす！』』』

「よし！　僕はスクリーンで見守っているから――いってらっしゃい！」

『『『あいあいさ～！』』』

勇敢なスラちゃんたちが、隊を組んだまま行進を始める。

村の子どもたちも、何事かと面白げに見つめてニコニコしていた。

僕は、すぐに秘密基地に戻りスクリーンを発動させて、スラちゃんたちを見守る。

ウルフという魔物は、想像通り前世の狼そのもので、牙や爪も魔物らしい鋭いものだ。さらに群れを成しているというだけあって、十頭が一つの群れになっている。

だが――うちのスラちゃん五百匹にかかれば、ひとたまりもなかった。だって、うちのスラちゃん一匹ですら、大きくなると二メートルくらいになる。そのままウルフに体当たりするだけでウルフが吹き飛んでいくからだ。

スラちゃんたちは僕の言いつけをしっかり守り連携しながら、ウルフたちに隙を与えることなく、あっという間に殲滅《せんめつ》していった。


数日後。

「セシルくん～、ウルフの皮と牙と爪、すごく助かるよ～」

スクリーン越しに、マイルちゃんが嬉しそうに話す。

「やっぱり売れるんだ？」

「うん！　特に皮がすごく需要が多くて、王国の北領に持っていけば、とてもいい利益になるの」

「そっか～。じゃあ、全部いつものでよろしく～」

「わかった！　いつもありがとうね！」

「こちらこそだよ！」

いつものというのは、アネモネ商会から代金を受け取らずに先に物を渡し、それをアネモネ商会が売り払い、購入額を後払いするということだ。

要は、代理で売ってくれるという仕組みで、多くの貴族と商会がこういう契約を交わしているという。

アネモネ商会の資金力は、まだまだ大商会と比べて足りないから、うちのブリュンヒルド家が全面的に投資をしている形になっている。通常契約だと、後払いなら利子までもらうのが貴族側の習わしらしいけど、うちは無利子でやっている。

もちろん、うちにも大きなメリットがある。ブリュンヒルド家御用達の商会となってくれて、村で必要な調味料や素材を、優先して仕入れてもらえるからだ。

中でも調味料は、やはり村の胃袋を握っているお母さんたちに、圧倒的な人気だ。

マイルちゃんも忙しくなり、最近は信頼できる人を雇って店番を手伝ってもらっている。

アデランス町で、アネモネ商会の力が急速に増大したのは、クザラ商会が裁かれたのもあるが、おじさんとマイルちゃんの人情溢れる商売がみんなに好かれたからでもある。

ときおりこうして、マイルちゃんと会話をしたりするが、彼女が多忙になって頻度が下がってしまったのは少し寂しい。

リア姉とソフィは、相変わらずニーア街の大司教にいろいろ指示を出しつつも、毎日東の森で子猪を狩りながらレベル上げ及び、スキルの熟練度上げに勤しんでいる。

レベル上げという言葉があるこの世界は、本当に異世界らしいね。

僕は、レベルがないからレベルを上げられないけどね。スキルの熟練度は一生懸命上げている。

それから数日後、僕のスキルの一つが進化した。

――【スキル『進化』により、スキル『応援』が『激励』に進化しました。】

さらに、一か月が経過した。
お父さんは、ニーア街の領主でもある辺境伯様に呼ばれて、ニーア街に行ったけど、帰ってきたときは、顔色があまりよくなかった。
楽しい日々を過ごす中、僕はというと――もちろん！　大きく進化した！

スキル：
魔力操作＝９９９８／９９９９
スライムテイマー＝４９９９８／４９９９９
激励＝２１６４４／９９９９９
危機感知＝１２１／９９９９
威圧耐性＝９７２／９９９
魔力回復＝９９９８／９９９９

脱力＝9998／9999
天啓＝コンプリート
進化＝コンプリート
疾風迅雷＝コンプリート

『応援』から『激励』に進化してから一か月だけど、その効果はてきめんだった。

以前、お父さんが言っていた通り、ノア兄さんたちの動きがより洗練されたものとなり、とても十歳とは思えないほどに動き回っている。

最近は、スラちゃんたちとの鬼ごっこにも勝つようになり、ノア兄さんたち自身も成長を感じているようで、嬉しそうに話してくれた。

ちなみに、お父さんから『応援』のことが伝わったらしく、兄さんたちにすごく感謝された。

「セシル〜、今日だよね？」

「お兄ちゃん〜、今日だよね？」

リア姉とソフィが、仲良く手を繋いで部屋に入ってくる。最近は姉妹らしく増々似てきてる気がする。

「狩りは楽しかった？」

「うん！　でもそろそろスモールボアでは相手にならないわね」

スモールボアというのは、僕がよく言う子猪の正式名称だ。

「それよりセシル？　どうなの？」

「あはは、うん。これからだよ～」

いつもの定位置。僕の右手にはソフィ、左手にはリア姉が抱きついてくる。

二人と一緒に向かうのは、東の森だ。

森に入ってすぐに、熟練度が最大になる寸前のスキルたちが、ちょうど上昇してくれた。

スキル：
魔力回復＝コンプリート

魔力回復はこれ以上進化しないようだ。

さっそく、残り三つのスキルにスキル『進化』を使って進化させる。

──【スキル『進化』により、スキル『脱力』が『衰弱』に進化しました。】

衰……弱？　これって名前的に……悪魔みたいなスキルってことだよね⁉

『脱力』は、言葉に込めることで、相手に力が入らないようにする効果を持っているらしい。

今でも、西の森や東の森で狩りをしているスラちゃんたちが、魔物相手に常に使ってくれている。そのおかげもあって、あっという間に熟練度が上がった。

それが進化して、衰弱させることができるように……なったのかな？　と考えると、やっぱり使い方次第では、いろんな強みになるかもね。

今度は、次のスキルを進化させる。


──【スキル『進化』により、スキル『魔力操作』が『魔力支配』に進化しました。】

魔力支配……？

それと同時に、僕と繋がっている全ての存在の『魔力』そのものが──一つになる感覚を得た。

今までは、スラちゃんと魔力の糸みたいなものを繋いで、必要なときに僕の魔力を送っていた。なのに魔力の糸も全て消えて、僕とスラちゃんたちが、まるで一体化したかのように繋がった。

これで、僕の魔力はスラちゃんの魔力となり、スラちゃんの魔力は僕の魔力となる。僕の魔力の中に多くのスラちゃんたちの魔力が入り混じった。

ステータス画面にも、魔力にスラちゃんたちの分が追加されているのを確認した。

元々『99999』あるのに、そこに『+15000』と表記されている。

「あ……れ？」

さらに、自分の魔力だけでなく、周囲の魔力までもが見えるようになった。

可愛らしく首を傾げるリア姉と、ソフィの魔力も見える。

「お兄ちゃん？　どうしたの？」

「魔力操作が進化したら魔力支配というものになって、二人の魔力も見えるようになったんだ」

「「ほえ～」」

僕はおもむろに手を伸ばして、ソフィの魔力に触れてみる。

「ひゃん⁉」

「ぬわっ⁉　ご、ごめん！」

「お、お兄ちゃん……？　今のって……？」

魔力支配と答えるよりも先に、ソフィに触れて離した僕の手を鷲掴みにするリア姉の手。

「セシル。私にも」

「え……？」

「私にもしてちょうだい！」

「？」

とりあえず、言われた通りにリア姉の魔力にも触れてみる。

「ひゃん⁉」

「ぬわっ⁉　リ、リア姉？　大丈夫？」

今度は、ソフィの手が僕の手を握りしめる。

「お兄ちゃん！　私にもう一回！」

「…………二人とも？　落ち着こう？」

「「やだ！」」

…………。

頑固な二人に逆らえず、言われるがままに二人の頭を撫でながら、魔力に触れてあげた。

懐かしいというか、赤ちゃんの頃にも、二人に魔力を送って返されてを何度もしたっけ。それもあってなのか、すぐに慣れた。

そのおかげなのか、リア姉とソフィの魔力もスラちゃんたちと同じく、繋がったのを感じる。

「これで……私の魔力はセシルのものね」

「お兄ちゃん？　私の魔力は、お兄ちゃんのものだからね？」

ステータス画面を確認すると、さっきは『+15000』となっていた部分が『+55000』となっている。才能『教皇』と『賢者』である二人の魔力は20000。二人の分もスラちゃんの分も上乗せされた。

「セシル？　私たちもセシルの大きな魔力を感じるよ？　これって――使ってもいいの？」

「もちろんだよ。仕組みはよくわからないけど、使えるなら自由に使って！　スライムスキルとかスラちゃんたちのご飯も、回復値の方が上回っているから減らないんだ」

「そっか！　じゃあ、私たちも、これからもっと魔法頑張るね？」

「頑張る！」

二人は、とても嬉しそうに笑みを浮かべた。

次は、最後のスキルを進化させる。今日の一番の本命でもある。

――――【スキル『進化』により、スキル『スライムテイマー』が『スライムマスター』に進化しました。】

二つ目だった『テイマー』から、三つ目は『マスター』となるんだな。

進化と同時に、スラちゃんたちがブルブルっと震え始める。

『ご、ご主人様……ち、力が……』

「スラちゃんたち!?」

みんな力が抜けたように、破けた風船のようにぷにゅっとなった。

「スラちゃああああああん‼」

スラちゃんたちの体が波打ち始める。とても不思議な光景だけど、スラちゃんたちが心配で仕方がない。

「お兄ちゃん？　スラちゃんたちはどうしたの!?」

「わ、わからないよ……スキルが進化して……そういえば、以前にもスキルが進化したとき、スラちゃんたちも進化してたよね？」

「うん！」

「もしかしたら、スラちゃんたちも進化しているのかも」

心配ではあるけど、冷静に分析してスラちゃんたちの様子を見守る。

視界に映る全てのスラちゃんたちの体が、一分間ほど波打った。

スラちゃんの体は、伸びた布が丸まるようにふにゃふにゃになって、くるくると巻かれゴルフボールくらいの大きさになった。そして――全身から虹色の光を輝かせる。

『スラちゃん～、進化～！』

ぴょ～んと音を立てて、全てのスラちゃんたちが空高く跳び上がった。

『ご主人様～！　僕たち～、ちゃんと進化したよ～！』

そう話すスラちゃんたちは、空高く跳び上がったまま――降りてこない。

「えええええ!?　スラちゃんたち!?　空も飛べるようになったの!?」

『そうだよ～』

スラちゃんたちは、地面を滑るように動いていたときのように、今度は空を飛びながら僕たちの上を回った。さらに驚くべきことに、進化したスラちゃんたちは強化されたようだ。うん。すごく強くなった。

東の森のさらに奥まで行くと、ビッグボアが出現する。ビッグボアというのは、あの日、スラちゃんたちを多く失う原因となった、巨大猪の魔物のことだ。

そして、本日――。

『スライム～、フォ～ルアタックゥ～！』

一匹のスラちゃんが、空中からビッグボアに突っ込んでいく。金色に輝くスラちゃんがビッグボアの体を――貫通した。

ビッグボアは、ひと声すら上げることなく、その場で倒れた。

「スラちゃんたちも強くなったわね～」

「一撃で仕留めるなんて、スラちゃんたちもやるわね～！」

ビッグボアを倒したスラちゃんは、そのままソフィに近付いてきて、撫で撫でをおねだりする。

「リア姉？　子猪は貫通させたらダメだけど、巨大猪はいいの？」

「うん？　だって肉の量が違うからいいんじゃないかしら？」

たしかに子猪は、体積的にだいぶ減るもんな……。

本来なら、お父さんの許可なく新しい狩場に入ってはいけないんだけど、僕たちはスラちゃんに乗り、空の上から見守っているので大丈夫かなと思う。

強いビッグボアとはいえ、空まで追いかけては来れないからね。

残りのスラちゃんたちに、倒したビッグボアを村に運んでもらうと、新しいスラちゃんたちが空からやってくる。それを何度か繰り返して、お昼の時間になったので村に帰った。

村に近付くにつれ、不思議な光景が見えた。村から——とんでもなく大きな白く淡い光が見えた。というより、村を抱きかかえるかのような光か？

いや、微妙に動いたりするので、村にかけられたものではなさそうだ。

その光の中心部に向かってみる。

「お母さん？」

「セシルちゃん〜⁉　ビッグボアまで運ばれてきたわよ？」

「スラちゃんたちが進化してすごく強くなって、捕まえられるようになったんだ。僕たちは空の上から見守っていたから、狩場には入ってないからね！」

ちゃんと言っておかないと、誤解されて怒られるかもしれないから！

「そっか……それにしてもスラちゃんたちは、飛べるようになったのね」

「うん！　スラちゃんたちも、二度目の進化ですごく強くなったみたい」

「ビッグボアも狩れるようになったし、空も飛べるし、スラちゃんたちって本当にすごいわ」

スラちゃんたちが運んだビッグボアやスモールボアを、一瞬で解体する村民たちの姿が見える。彼らは解体を生業《なりわい》にしている村民たちで、『応援』もとい『激励』により、解体すればするほど強くなっていき、今ではあっという間に解体ができるようになった。あまりにも鮮やかな解体で、毎回、アネモネ商会に持っていくたびに驚かれた。

「ん……？　そういや、スラちゃんたちが飛べるんだから、肉も空から持っていけば……」

いつも馬車で持っていくけど、オークが生息する死の道を通るから効率が悪い。

陸路じゃなく、空路が使えるなら便利かもしれない。

まあ、今のスラちゃんたちなら、陸路でもオークに負けなさそうだけどね。

「それはそうと、お母さん？　一つ聞きたいことがあるんだけど……」

「うん？　どうしたの？」

「えっと、お母さんが出している光――」

次の瞬間、一瞬で僕の口は手で塞がれ、慌てた様子で僕を強制的に抱き上げて、一目散に家の中に入っていった。

お母さんはソファに僕を座らせると、目線を合わせるように座り、まっすぐ僕の目を見つめた。

「セ、セシルちゃん？　光ってどういうこと？」

「うん？　お母さんからすごく出ている光って、不思議だなと思って」

「⁉　み、見えるの？」

「うん？　うん。魔力操作が進化したら、みんなの魔力が見えるようになったんだ」

「そ、そんな⁉　魔力操作が進化って……魔力支配ってこと⁉」

さすがは、歩く百科事典のお母さん！

「そうだよ～」

「………」

目を丸くしたお母さんは、力が抜けたように、その場で頭をがっくりと落とした。

「お母さん？　な、なんかまずかった？」

「まずいってもんじゃないわよ～！」

珍しく慌てたお母さんの姿に、クスッと笑みがこぼれてしまう。

「だ、だって……魔力支配って……そんな……」

「でもそんなに悪くもないよ？　魔力が、見えるようになったり触れるようになったから、いろいろ便利になったよ？」

「……まさか、スラちゃんたちと繋がって……？」

「うん。繋がってるよ」

「それって……セシルちゃんが、スライムスキルを使えるってことなんだよね？」

え……？　スライムスキル……？

僕はおもむろに、自分の中にある魔力を使って、『スライムスキル』をイメージしてみる。

イメージしたのは、いつもの――スクリーンだ。

僕の前にスクリーンが現れ、お父さんの真っ青な顔が映っていた。

「お父さん、何か落ち込んでるみたい？」

「セシルちゃん？　落ち着きすぎじゃないかしら？　今はスクリーンが使えたことに驚こう？」

「わ、わあ～。スライムスキルが～、使えた～」

「え～！　うちのセシルちゃんが、スライム魔法を使えるようになったの⁉　す、すごいわ！」

「…………」

「…………？」

お母さん。本当に天使みたいな人だな。

「どうしてスライムスキルが使えたんだろう？」

「それはスラちゃんの魔力に、セシルちゃんの魔力が加わったからなんじゃないかしら。セシルちゃんはスライムじゃないけど、スライムしか持てない魔力が、セシルちゃんの魔力に溶け込んだから、使えるようになったんだと思うわ」

ほぉ……自分にスキルがなくても、スキルを持つ人の魔力ならその人のスキルが使える……？　あれ……？　魔法が……使える？　それってつまり——。

僕は、ある魔法を使ってみせた。

「セシルちゃあああん!?　そ、そんな魔法、お母さん知らないよ!?　いや魔法は知ってるけど、スラちゃんたちは使えないはずだよ!?」

「うん。だってこれは——」

僕は窓を指差した。

「リア姉の魔法だから」

目を丸くするお母さん。

僕が使って見せたのは、リア姉の光魔法の一つだ。

やっぱり光魔法って、普通の才能じゃ使えないんだね。でもこれで僕も使えるようになったのは、いろいろ助かる部分が多い。

そして、余ったもう片手には、ソフィの火の魔法を浮かばせてみる。

小さい火の玉だが、濃い赤色——さしずめ紅蓮色とでもいえる真っ赤な色は、威力も見た目以上に大爆発を起こすのだ。なのですぐ消した。

「魔力支配って……ダブルスペルもいけるの？」

「ダブルスペル？　それはわからないけど、僕に繋がっている数だけいけるかな？　スラちゃんたちが千匹はいるから、魔法千個くらいなら同時に使えるかも？　やってみ――」

「だめ！　絶対にだめっ！」

僕を止めるように、僕をぎゅっと抱きしめるお母さん。

困ったら抱きしめる癖は、赤ちゃんの頃と変わらずに今もだ。

「お母さん？　スラちゃんたち強くなったから、西の森だけじゃなくて北に行ってきてもいい？　僕たちはスラちゃんに乗って、空の上から見るだけにするから」

「戦わない？」

「上から魔法を撃つだけ～」

「約束できるならいいわ。スラちゃんたちが危なくなっても、戦うんじゃなくてこちらに逃げてくるのよ？」

「うん！」

お母さんのおかげで、魔法についていろいろ知ることができてよかった。これで僕も――スライムスキルと教皇魔法、賢者魔法が使えるようになった！

あれ？　そういや、お母さんの光が、とんでもない大きさの理由は教えてもらえなかった。

まあいっか～。

窓の外から、ものすごく怖い目でこちらを睨んでいるリア姉とソフィ。

外に出ると、すぐに二人が俺の両腕に抱きついた。

「セシル？　お母さんと何の話をしてたの？」

「お兄ちゃん？　お母さんと何の話をしてたの？」

「あはは……北の森に入る許可をもらってただけだよ？　今から出るから二人も一緒に行こう」

「「うん！」」

二人と共に、スラちゃんに乗って北の森に入った。

強力な魔物のオーク。そのはずだったオークだが、空を覆う五百匹のスラちゃんたちと、僕とソフィによる魔法迎撃によって、わずかな時間で殲滅された。

これなら――マイルちゃんに、またあれを提案できそうだ。

「わ～い！　楽しいよ～、お兄ちゃん～」

「セシル～」

リア姉とソフィは、スラちゃんに乗り込んで――青空を駆け巡る。

大きさも、今までは最大二メートルだったのが、三メートルくらいまで大きくなれるし、姿も自由自在に変えられるようだ。

スラちゃんの背中にうつ伏せに乗り込むと、体を伸ばして落ちないように、背中から包み込んでくれる。

顔と両手は自由なのと、乗る僕たちとスラちゃんたちの魔力も繋がっているので、意思疎通ができる。声を聞くのは僕しかできないけど、リア姉とソフィの意志を、スラちゃんたちが汲み取ってくれる。

「セシル～」

「あい～？」

「このまま——南に行きましょう」

「リア姉。今は北に向かってるんだよ？　それは反対側でしょう？」

「うん。反対側でいいわよ」

「せっかくなら、マイルちゃんに会いに行こうよ」

「いいの。あんな女、放っておきなさい」

隣で「うんうん」と頷くソフィ。

二人とも、どうしてマイルちゃんのこととなると、こんなにもムキになるのか。女の子同士、仲良くしてほしいものだ。

急いでスクリーンを発動させて、マイルちゃんの相棒になっているスラちゃんに連絡を取る。

「セシルくん？」

「マイルちゃん～、今から行ってもいい？」

「え……？　今から……？」

「うん！」

「ええええ～！　わ、わかった！　すぐに準備するね！　どれくらいで着くの⁉」

「う～ん。すぐ？」

「ええええ～⁉　い、急ぎます‼」

慌ただしく声を上げたマイルちゃんは、すぐに動き始めた。

急にお邪魔するのは、やっぱりダメだったかな……？　でもせっかくだし、初めて空の旅ができるなら、やっぱりアデランス町というか、マイルちゃんのところに行きたいよね。

僕たちは、馬車で半日くらいかかるアデランス町に空路を使ったら、ものの数十分で着くことができた。

アデランス町は、スクリーンを通して何度も見てきたけど、実物を見たのは初めてで、村と比べて大きい町に心臓が高鳴る。

町の南門の前に大勢の人が集まっていて、アネモネ商会の紋章が描かれている旗を振っている。彼らはアネモネ商会の従業員たちだ。

空から南門に着地すると、アネモネ商会の面々や衛兵さんたちが、目を大きく見開いてポカーンとしている。

「初めまして！　セシルだよ～」

「へ？　は、初めまして！　マイルです！」

少し顔を赤くしたマイルちゃんが小走りでやってきて、僕の両手を握った。

「セシルくん。いつもありがとうね！　直接会って伝えたかったんだ！」

「こちらこそだよ〜。マイルちゃんのおかげで、村の外のことをたくさん知ることができたし、アネモネ商会と取引ができて本当に幸せだもんね」

「うふふ。そう言ってくれると嬉しいな！」

うん。守りたい。この笑顔。

マイルちゃんも、まだ幼いとはいえ、大人になったらきっと美人になるだろうね。

だが、僕の後ろからは、この世の地獄のような気配がする。

両手を握り合う僕とマイルちゃんの隣に、リア姉とソフィが立つ。それはそれは視線だけでオークを凍らせられそうだ。

「貴女がマイルちゃんね」

「う、うん！　初めまして、リアちゃん！」

今度はリア姉の右手を両手で包んで、感激したように目を輝かせる。

マイルちゃんは僕より一つ上なので、リア姉と同級生でもある。

「ソフィちゃんも初めまして！　会えてすごく嬉しいよ！」

お互いに気兼ねなく話せる友達になってくれたら嬉しい。

「これから町を案内するね！　日頃受けたご恩を少しでも返したいから、期待してて！」

恩返しなんて大げさに言うけど、むしろこちらこそなんだよね。調味料ってすごく貴重で、

こういう商いをやってくれるのは非常に助かる。

それから、張り切ったマイルちゃんによる、アデランス町の案内が始まった。

僕のたっての願いで、お昼ごはんはアデランス町のレストランでごちそうすることに。

だって、生まれて初めての外食だから、ものすごく楽しみにしていたから！

「「「………」」」

「み、みんな？　お口に合わなかった？」

「ううん。すごく美味しいよ。美味しいんだけど……」

僕はリア姉に視線を向けると、「ね～」と言ってくれる。

けっして不味いわけではなく、むしろ、美味しい。僕たちが食べて育った食事に比べれば、ずっと美味しい。だが、それも調味料が足りてなかったときの話だ。

「というか、実はお母さんって、ものすごく料理が上手なんじゃ……？」

「それもそうね。あれだけ限られたもので、あれだけ美味しいものを作ってくれてたから」

「お母さん、すごいな～」

「ふふっ。ミラさまの夕飯、とても楽しみ！」

昼は外食だったけど、夕飯はうちで食べることになっている。もちろん、マイルちゃんも連れて一緒にだ。

僕がマイルちゃんに提案したのは――うちの村への招待だ。

いつも商会の仕事で忙しくて、同年齢の友人と遊んでいるところを見たことがない。少しでもみんなで楽しく過ごせたら、と思って提案してみた。

マイルちゃんは、涙を流すほど喜んでくれて、急遽、夕飯を一緒に食べることとなったのだ。

初めての外食。美味しかったけど、お母さんの偉大さを再認識することができた。

食事を終えて、広場に着いたときのことだった。

「う、うわあああああ！」

超高速で空から降りてきたのは——お父さんだ。続けておじさんも空から降りてきたけど、お父さんと違って平気そうだ。

「お父さん〜、お帰りなさい！」

「セシルうううううう！」

「ひい⁉」

目にも止まらぬ速さでやってきて、僕の頭をぐりぐりした。

「い、痛いよ〜、お父さん〜」

「セシルのせいで、酷い目に遭ったんだぞ！　それに、急にスラちゃんにつかまって空を飛ぶとか聞いてないぞ‼」

「あはは〜。楽しかったでしょう？」

「楽しいわけあるかあああああ！　俺は高いところが苦手なんだ！」

二度目の頭ぐりぐりの刑にあった。

「父ちゃん。おかえり～」

「ただいま。こんなに早く帰ってこれるとは、思いもしなかったな」

「うん！　あ、あのね！　セシルくんからお家に誘われてて、遊んできてもいい……かな？」

おじさんは優しそうな目で、マイルちゃんの頭を撫でてあげた。

「行ってこい。空を飛べば安全に行けるだろうしな」

「おじさん。マイルちゃんはしっかり守るから心配しないでね」

「……お前がセシルか」

「そうだよ～」

おじさんの拳骨《げんこつ》が頭に落ちてくる。優しい拳骨が。

「あいた！」

「ったく……お前に巻き込まれて、大変な目に遭ったぞ」

「僕は悪いスライムじゃないよ～？」

「くっくっ。実物はこうなってるのか。まあ、なんだ――いろいろありがとうな。マイルをよろしく頼む」

「任された～！　おじさんはうちの村に遊びに来ないの？」

「それはまた今度な。今は商会の指揮を執らないといけないからな」

「父ちゃん？　私も手伝うよ！」

おじさんは、マイルちゃんの頭に優しく手をポンと乗せる。

「心配すんな。こう見えても指揮を執るのは得意だからな」

「「え……？」」

「ったく。ちょっとくらいは俺を信じろってんだ！」

アデランス町に、僕たちの笑い声が響き渡った。

まだ町で訪れていない観光名所に寄ったり、地元民しか行かない場所にも連れていってもらったりして、アデランス町での時間はとても楽しかった。

すっかり堪能したら夕方近くになったので、スラちゃんに乗り込み村に戻る。

「わあ～！　空がすごく綺麗～！」

雲一つない空を夕焼けが照らす。初めての空の旅にマイルちゃんは楽しそうだ。

「セシル」

「お父さん。目を瞑っていては、せっかくの空の旅が台無しだよ？」

「かまわん。それよりセシル」

「あい？」

「ブリュンヒルド家の爵位は知ってるか？」

「ううん。うちって貴族なのは知ってるけど……」

「そうか。うちは『特別子爵』というものだ」

「え～⁉　子爵ってすごく位が高いんじゃないの？」

「え～⁉　ルークさまって子爵様だったんですか⁉　わ、わたし……なにか無礼なことをしてないでしょうか……」

「マイルちゃん。大丈夫だよ。そのときは僕がお父さんに文句言うから」

「セシルくん……」

「ごほん。話を続けるぞ」

それはいいけど、お父さんは、ずっと目を瞑っているつもりなんだろうか？

「まあ、何が特別かはさておき、男爵と子爵の違いというのは、領地を持てるかどうかなんだ。例えば、ニーア街は今までセサミ子爵が管理していたんだ」

「ほえ～。じゃあ、ニーア街の領主様はセサミ子爵様なんだね？」

「ああ。ただし、領主の続きに『領主代理』がつくのさ。ニーア街領主代理セサミ子爵、みたいな感じなんだ」

「ほえ～。じゃあ、僕たちの村も――って、うちの村の名前ってあるの？」

「ないぞ？」

「じゃあ、名の無き村領主代理、ブリュンヒルド特別子爵ってなるの？」

名前がとても長い。それにしても、うちの村にも何か名前がほしいな。

「いや、うちに代理はつかないんだ。領地には所有権があって、南部の大半はアセリア辺境伯様という方が持っている。他に、個人の領地を持つ子爵も何人かいて、うちもそのうちの一家なんだ。ここまではいいかい？」

「あい～」

理由はわからないけど、お父さんは、何らかの功績を立てて領地をもらい、そこに村を作ったんだね。そして、ニーア街の所有権を持っているのは、アセリア辺境伯様と。

「ニーア街とアデランス町が――ブリュンヒルド領になった」

「…………？」

「わあ！　ルークさま、おめでとうございます！」

「おめでとうじゃないよおおお！　俺は領地を経営したかったわけじゃないから！」

「わあ～、お父さんおめでとう～」

「…………」

「え、えっと……僕のせい？」

「当然だ！　セシルじゃなかったら、こんな大都会を譲ってもらえるわけないだろう‼　それに、リア！」

怒っているお父さんは、目を瞑ったままさらにリア姉を指差した。

「へ？　私？」

「これも全てリアのせいだからな！」

「え――えへへ～。セシルのためになったわ！」

「リア姉⁉　いったい何をしたの⁉」

「うん？　うちの町は神聖なる場所だからね。神聖なスラちゃんたちが、ブリュンヒルド子爵領を祝福しているから、より大きな利益が産めるでしょう～、って言っただけだけど？」

「リアのせいじゃん‼」

「リア姉のせいじゃん‼」

「えへへ～」

「「褒めてない‼」」

まさかこんなことになっているなんて……。

「セシル」

「あ、あい」

「責任を持って――ニーア街とアデランス町の管理、任せたぞ」

「えっ？　僕が管理していいの？」

「まあ、あまり無茶なことさえしなければいいだろう。もちろん領主はまだ俺になっているが、せっかく領地が三つに増えたから、兄弟で分けてもいいかもな。大人になったらな」

「お父さん？　それはダメだよ？」

「ダメなのか？」

「そんなことしたら絶対喧嘩になるし、僕は兄さんたちにも、自分の夢を追いかけてほしいなと思うからね。全部ノア兄さんに押し付けよう！」

「お前な……まあ、領地を全部寄越せと言わないだけでできた息子だ。それに、ノアたちに関しては俺も同じ考えだからな。領地は、ノアたちが嫌がったらセシルに押し付けるからな」

「……任せて！　僕がお兄ちゃんを立派な領主に導くから！　弟として！」

「その顔、絶対にノアに何かする気だろう⁉」

「え～！　目を瞑ってるのに僕の顔が見えるの⁉」

「見えなくてもそれくらいわかるぞ！」

死の道と呼ばれる道の空に、お父さんたちの笑い声が響き渡った。


アデランス町に来たとき同様に、村に帰るのも数十分で着いた。

スクリーンで僕たちを歓迎してくれたのを見てたのか、お母さんは、同じ方法でうちの家紋が描かれた旗を振って待っていてくれた。

「初めまして！　マイルと申します！」

「セシルの母、ミラです。いつもうちのセシルちゃんをありがとうね」

「いいえ！　こちらこそ、いつもセシルくんに助けてもらいっぱなしです！」

挨拶を交わして、さっそく屋敷に入る。

テーブルには、美味しそうなご馳走がたくさん並んでいた。

最近は、調味料がたくさん手に入るので、惜しみなく料理に使うようになった。調味料だけでなく、村では採れない食材も運ばれてくるので、より食卓を彩らせることができる。

「美味しい～！」

うちで、夕飯をひと口食べたマイルちゃんは、目を輝かせて声を上げた。

うんうん。うちのお母さんの料理は世界一だからね。正直、まさかここまでお母さんの料理が美味しいなんて驚きだ。

「ふっふっ。ミラは、シガンデリア聖都の料理大会で優勝しているからな」

「貴方……そんな昔のことを……」

「ほえ～。シガンデリア聖都って、教会の総本山だよね？」

「そうだな。父さんも母さんもそこの出身だから」

「「「え～！　そうだったんだ！」」」

きょうだい、全員揃って声を上げた。お父さんたちの出身を聞いたのは初めてだったから。

「ふふっ。マイルちゃん」

「は、はいっ！」

「いつも、セシルちゃんのわがままに付き合ってくれてありがとうね。お礼と言うのはあれだけど、毎日うちにご飯を食べにいらして？　むしろ、うちに住まない？」

「えっ⁉」

「商会の出勤はスラちゃんに乗っていけばいいし、スクリーンを使えば、遠くからでも指示は出せるからね。お父さんだって、時間があればうちの村に来てもらったらいいのよ。スラちゃんならひとっ飛びなんだから」

「…………」

「マイルちゃん⁉」

マイルの可愛らしい大きな目から、大粒の涙がポロポロと落ち始めた。

すぐに、かけ寄ったお母さんに抱きしめられているマイルちゃんを見て、やっぱり誘って大正解だったと思った。

リア姉とソフィを見たけど、意外にも不服そうな表情はしていなかった。アデランス町で、二人に親身になっていたマイルちゃんの態度が、功を奏したのかもしれない。

その日から、うちの村にマイルちゃんも住むことになった。帰る家があった方がおじさんも来やすいだろうということで、うちの屋敷の隣の家に住むことになり、毎日うちで一緒にご飯を食べるようになった。

さらに、アネモネ商会がうちの村に支店を出すことも決定した。

「『わあ～！』」

僕とマイルちゃんは、同時に声を上げた。

うちの屋敷のすぐ隣の空き家の掃除をしたら、ピカピカになったのだ。

「スラちゃんたちすごい～！　口から水を出すのも意外だったけど、やっぱりセシルくんが思いつくことはすごいね！」

「うちのスラちゃんたちが、すごいからできることだから～！」

空き家なのもあって、みんなで掃除しようとしたら、スラちゃんたちが任せてと言うので、やらせてみたら、僕を通してソフィの魔力を使い、最弱威力で水魔法を使って掃除をしてくれた。まるで散水ホースのように、壁とか床を水洗いしたのだ。

何故かその姿に、前世のル○バを思い出した。

スラちゃんは、食べたものを消化できる『分解』スキルがあるので、ゴミも処理してくれる。それに水を足せば……食べながら掃除までできるのでは!?　と思いついた。

さっそくスラちゃんに、ごにょごにょと伝えると、それはもう見事な――水色のぷるんぷるんしたル○バになってくれた。

通り過ぎた場所を『ゴミを吸収』→『その場で水拭き』→『水を再度吸収』→『ゴミ及び水を分解』を超高速で行いながら滑る。ゴミを処分してくれるだけでなく、通った場所まで綺麗にしてくれる、『お掃除スラちゃん』が誕生した。

「マイルちゃんと一緒にいると、いろんな案が浮かぶから助かるよ～。これで、スラちゃんたちに、お掃除をお願いすることもできるよ～」

『ご主人様～、お掃除は任せて～』

『やってやるのれす～！』

『ぴっかぴか～』

そういえば、進化したスラちゃんたち。個体の自我も少しずつ強くなってる気がする。以前もそれぞれあったけど、それがより濃くなった感じだ。

それによって意志が強くなり、僕のためになるならと、自らの意志で善意でやってくれるのだ。そして、スラちゃんたちは自らの意志で、ビッグボアを狩るようになった。結構な量を。

倒して運ぶのも、スラちゃんたちだけでできるし、倒すときも肉にはできるだけ傷をつけずに戦ってくれる。それに、ビッグボアの角は素材として販売できるらしく、角も山積みになってきた。

「マイルちゃん～。スモールボア肉とビッグボアの肉とビッグボアの角も、全部買ってくれる？」

「う～ん。無理っ！　量が多すぎて、まだ資産がないうちの商会では買いきれないよぉ」

「じゃあ、いつものでー」

「え～!?　そんなことしたら、セシルくんが損になる可能性もあるよ？」

「問題ないよ〜。ボアならスラちゃんたちが、いくらでも狩ってくるから」

こういうのは、全自動狩りシステムとでもいうべきだろうか？　スラちゃんたち様様だね！

アネモネ商会に、また大量の肉を押し付ける。

近々、南のオークも討伐したいので、オークの牙とかも高く売れると聞いたことがあるから、それらも押し付けることにしよう。

スラちゃんたちはというと、『お掃除モード』を覚えてから、建物を綺麗にお掃除してくれるようになった。村の全ての家やアデランス町、ニーア街の家々も勝手に掃除し始める。

いまやスラちゃんたちは、女神様の使徒として愛されているから、誰も嫌そうな顔一つしなかった。村だけでなく、アデランス町やニーア街でも。

やっぱり、こうしてスクリーンを使って、それぞれの街の現状を確認できるのはいいね……！

「スラちゃんたちって、何でもできるんだね〜。お肉の解体なんてのもできるかしら？」

『お肉の解体〜？』

マイルちゃんの言葉を聞いたスラちゃんの一匹が、ドヤ顔をしながらビッグボアに向かう。

全身をくるくる回しながら、ビッグボアに突っ込んだ。

『水刃斬り〜』

ゆる〜い声とは裏腹に、目の前のビッグボアを一瞬で解体した。

「「すごい～！」」

ただ斬るのではなく、解体屋と同じ形で切ってくれた。断面も非常に綺麗で無駄がなく、ただぐるぐる回っているように見えたのに、斬るときに細かい動きをしてくれたみたい。

それだけ、進化したスラちゃんの器用さがわかる。

「これならスラちゃんたちに、解体も手伝ってもらえそうだな～」

『ご主人様～、それは――たぶん難しいぜ！』

「え……？」

難しい？　それにこのスラちゃん。口調が少し変わってる……？

『これは僕ちんの特殊能力だから、他のスライムは無理だと思うぜ！』

「え、えっと……？」

『僕ちんたちは、一つだった意志が進化して、それぞれに分離するようになったんだぞ。その一人が僕ちんだぜ！』

「えっと、それってつまり……僕の従魔じゃなくなったってこと？」

『うん？　何を言ってる？　ご主人様。僕ちんたちは、ご主人様の従魔に決まってるぜ！』

「お、お……それで君は解体が得意だと？」

『違うぜ！　僕ちんは、水魔法の操作が得意だぜ！』

そう話したスラちゃんは、水魔法をまるで手や足のように動かし始める。体もスライムなので繋がってるように見えるけど、色が微妙に違う。

『ご主人様の魔力があれば、僕ちんに任せてくれれば、解体は全部請け負うぜ！』

「それは助かるよ。ずっとじゃなくていいから、できる範囲で解体を手伝ってね。村民たちの仕事もあるから、奪いすぎると困っちゃうけど」

『了解だぜ！』

それから、僕ちんスラちゃんは、余った肉の解体を進める。他のスラちゃんたちは、せっせと肉を運び始めた。肉の塊を体に入れた巨大なスライムが空を飛び、村からアデランス町へ向かう様は、異世界ならではの面白い光景だ。

「マイルちゃん。本部にも伝えておい――って、言わなくても、もうやってるか」

さすがはマイルちゃん。すぐに相棒のスラちゃんに頼み込んで、本部とのスクリーンを繋いで事情を説明していた。

気のせいか、スクリーン越しの従業員の顔が、青ざめているような気がする。

マイルちゃんは、小さい声でスクリーンに向かって「とんでもない量だけど、セシルくんの期待に応えられるようにみんなで頑張りましょう！　ボーナスも出しますから！」と話す声が聞こえてきた。それから、うちの村とアデランス町を結ぶ、アネモネ商会の支店が誕生した。

従業員は、毎朝アデランス町からスラちゃんに乗って出勤してくれるし、マイルちゃんも手伝ったりする。

「さて、アデランス町との繋がりもできたので、そろそろ村に名前をつけようと思う。そこでみんなの案を聞きたい」

夕飯のとき、お父さんはそう話した。

「スライムの村？」

「そのまますぎないか？」

「「セシルの村！」」

「「却下！」」

「「…………」」

「ノアたちはどうだ？」

「ん～。スラちゃんたちが多いし、スライム村もいいなぁ……」

ふっふっ。オーウェン兄さんは、スライムの良さがよくわかってるね！

「ボア肉もいっぱいあるから～、ボア村？」

ジャック兄さんの言う通り、うちってボア肉が名物となってるもんね。スラちゃんたちが狩りまくってるから。

あれだけ、狩っても狩っても尽きないんだから、異世界って不思議だね。

「ノアはどうだい？」

「ん～」

ずっと深く考えていたノア兄さん。

「この前セシルくんに教えてもらった、楽園の名前はダメかな？」

「ん？　楽園の名前？」

「うん――エデン。とても素敵な名前だと思ってて、ずっと頭に残っていたんだ！」

「ふむ……とても素敵な響きだな。それはセシルから教わったのか？」

「うん！　楽園を意味する言葉なんだって！」

目を輝かせるノア兄さんたちと、目を細めるお父さん。

ほ、ほら、ノアといえば方舟。方舟といえば、旧約聖書。そこに登場する最初の楽園の名がエデンだ。楽園を意味するエデンという村の名前は、とてもいいと思う。

「まあ、いいんじゃないか？　とても素敵な響きだし。これからうちの村は――エデン村だ！」

「「「わ～い！」」」

こうして、僕に領地を押し付けられないように、着々と準備を進めたことが結果に結びついた。

ノア兄さん……！　きっといい領主様になれるよ～！

お父さんは、ずっと目を細めて僕を見つめていた。悪いことなんて企《たくら》んでないよ？　僕としては、ノア兄さんに立派な領主になってほしいだけだからね～。

村の名前も決まり、全てが順調に進んでいるなか、僕が一人でスラちゃんに乗って向かった場所は――アデランス町の町長の家だ。

領地自体は、アセリア辺境伯様の領地だったけど、代理で町長が纏めている。それをこれからブリュンヒルド家、もとい、僕が管理することになったので挨拶のためだ。

ノア兄さんは、まだ成人していないうえに、剣士としての稽古が忙しいのもあって、しばらくは僕が管理して、いずれ兄さんが領主宣言をしたら頑張ってもらうつもりだ。

そう思うと僕も成人していないのに、ここを管理しなさいと言われてるのは、ちょっと不思議だね。まあ、精神年齢は大人だからいいか。

「いらっしゃいませ。セシル様」

意外にもまだ若い。四十代後半くらいの、筋肉ムキムキのおじさんが町長のようだ。

「よろしくお願いします～」

「ははっ。アセリア辺境伯様から事情は聞いております。これから、誠心誠意、働かせていただきますので、なんなりとお申しつけください」

もっと嫌がるのかなと思ったけど、歓迎されてよかった。

「ではさっそくですけど、以前から要望があった『教会』の参入ですが、構いませんか？」

「もちろんでございます。むしろ我々としては、『教会』が来てくれるならありがたい限りでございます」

「わかりました。ニーア街支部からも、ぜひこちらに出させてほしいとのことだったので」

「それは本当でございますか‼」

町長は、身を乗り出すほどの反応をみせた。

やっぱり異世界での『教会』って、精神的な主柱なんだね。

お母さんからも、世界的にみんな女神様を信仰しているからと、聞かされているほどだ。

前世では神様はいないものだったけど、異世界では神様が身近にいて、実在しているからこそ信仰する人が多いみたいだ。

魔法がある世界だもんな。いつか魔法で女神様に会えたりするのかな？

それからは、アデランス町をよりよくするための条例をいろいろ提案した。

町長はしっかり聞きつつ、ご自身の意見も述べてくれていい話し合いとなり、町民のために有意義な時間となった。


翌日。

今度はニーア街にやってきた。

アデランス町の町長宅とは違い、立派な城に仮住まいしているセサミ子爵の下にやってきた。

セサミ子爵は細身で、何かおどおどした人で、アデランス町長とは真逆な人だ。

「え、えっと……君がアセリア辺境伯様が仰っていた、ブリュンヒルド家の嫡男なのか？」

「いえ～、僕は四男のセシルです！」

「そ、そっか……ま、まさか、こ、子どもがくるとは……」

落ち着かない表情のセサミ子爵だったが、僕を見てから少し安堵したようだ。

それに表情も少しばかり――高圧的なものに変わった。

「それで？　ブリュンヒルド家の四男が、今日は何の用なのだ？」

「あれ？　聞いていませんか？　ニーア街の領主を任されたのですが……」

「ち、違う！　ニーア街の領主は、ぼ、僕だ！　領主は僕に任せておけばいい！」

任せたままにして、あんな腐敗があったじゃん……。

「アセリア辺境伯様からブリュンヒルド家に譲渡されたので、もうブリュンヒルド家の領地となってますからね」

「くっ！　い、田舎の子爵の四男風情が……こ、子どもは黙って大人に従ってればいいんだ！　ニーア街の領主は、僕に任せておけばいい！」

これは……任せられないよね。

前世でも、こういうわがままなクライアントを何人も見てきた。お金を出すから何を言っても、何をやってもいいと思っているクライアント。お互いのリスペクトがなくては良い仕事になるはずもなく、そういうクライアントとの仕事は、大半が上手くいかなかった。

流されていたとはいえ、十年もブラック企業に勤めていただけあって、こういう人を見分ける能力は培ってきたのかもしれない。それなら悪いことばかりではなかったのかもね。

「……仕方ないですね」

「うむ！　子どもはいい子にして、遊んでいればいいのだ！」

僕は両手を強めに叩いて音を鳴らす。すると扉が開いて衛兵たちが入ってきた。

「ブリュンヒルド子爵様、お呼びでしょうか？」

「こちらのセサミ子爵様がおかえりのようだよ。ご案内してあげて～」

「は……？」

「かしこまりました！」

衛兵たちが、セサミ子爵の両腕を掴む。

「ま、待て！　ここは僕の家だぞ！」

「違います。ここはもうブリュンヒルド家の領地ですよ？」

「ふ、ふざけるな！　僕はセサミ子爵だぞ！　こんなことをして許されると思うのか！」

「それは僕やブリュンヒルド家ではなく――アセリア辺境伯様に言ってください」

セサミ子爵の顔が青くなる。

『ご主人様～、見つけてきたよ～』

一匹のスラちゃんが書類を口に咥えてやってきた。

「そ、それは！　や、やめろおおお！」

書類を受け取って中身を確認する。

想像通りというかなんというか。クザラ商会があそこまで自由奔放にやれたのは、後ろ盾がいたからこそだ。

その証拠探しをずっとしていたけど、予想通り元凶がここにいたのね。

「あ、やっぱりつまみ出すのなし！　裁判にかけてください！」

「ひぃ⁉」

「かしこまりました。大司教様のところに連れていきます」

「お願いします～」

「や、やめろおおおおお！」

クザラ商会のときには捕まえることができなかったけど、こうして元凶であるセサミ子爵も捕まえることができて本当によかった。

それから、スラちゃんたちが見つけてくれた書類に目を通す。

呆れを通り越して、もはや言葉すら出てこないほどに腐敗が進んでいた。

税収を誤魔化して私物化。権力に物を言わせて無抵抗な人を虐げる。アセリア辺境伯様に嘘の報告書を提出するなど、すぐに様々な証拠が見つかった。

当然――全て手直しだっ！

久しぶりに、前世で働いていたときのことを思い出しながら仕事をした。ニーア街では手伝ってくれる人も多く、家族の応援もあり、ことはスムーズに進んだ。

ブリュンヒルド家が、ニーア街の領主となって一か月が経つ頃には、住民たちから「うちの領主様は最高の領主様よ！」とまで言われるようになったのは嬉しかった。

もちろん、全ては――この後、ノア兄さんに押し付けてやるんだけどね！

第六章　魔王？

異世界最強魔物として、一番有名な竜種と心を通わせて空を翔ける騎士。多くの子どもが騎士になりたがる一番の理由は、その上位でもある『竜騎士』の存在があるからだ。

『竜騎士』というのは、才能ではなく称号。力を示し、竜を従える。竜こそ力。力こそ竜となり、二人は一心同体となる。

そんな『竜騎士』に憧れる少年少女が多いこの世界で、不思議な魔物に乗り込んで空を翔ける騎士に憧れる、少年少女たちがいる村があるらしい。

大陸で最も南に位置し、その存在すら知っている者はごくわずか。そんな小さな村の空には――空を翔ける『スライム騎士』がいて、大人気だとかなんとか。

「セシル様！　ほ、本当にいいの？」

「もちろんだよ。その代わりに大切にしてくれないとダメだよ？　悪いことをしたらすぐにスラちゃんを迎えにいくからね？」

「うん！」

スラちゃんがお掃除モードができるようになり、さらにいろんなことができるようになったので、村民全員に、一匹ずつ預けることにした。

元々、村民たちの護衛として毎日ついてもらってたけど、今では乗り物としても愛用されている。

そんなこともあり、正式にペット的な扱いで付与することにした。彼らには、共に過ごし共に成長してほしいと願っている。

スラちゃんたちがみんなのペットになることで、とてもいいことが一つある。

「これからよろしくね！　チャッピ！」

『あい〜！』

そう。スラちゃんたちに、それぞれ名前が与えられるからなのだ。

一人また一人と、スラちゃんを大事そうに抱えて離れていく。きっと彼らは、スラちゃんたちを可愛がってくれると思う。

「さて、スラちゃん分けはこれで終わりだね。あとは――」

僕が視線を向けると、びくっとなった五匹のスラちゃんが、空高くぴょ〜んと飛び跳ねる。

『‼　みんないくよ〜！　スライレッド〜！』

『スライブルーだぜ〜！』

『スライグリーンだわ〜』

『スライエローよ〜』

『スライオークルど……』

五匹は、全身の色を変えて着地する。それと同時に、各々が魔法を派手に使って後ろに爆発を起こし、みんな丸い姿のまま、手を伸ばしてポーズを取った。すごく可愛い。

スライエローだけ、名前が合わなかったんだよね。スラ、イエローなのか。スライ、エローなのかでいろいろ揉めそうだけど気にしない。

『ボス！　スライ戦隊、ただいまここに‼』

「みんな、今日も村のために困ってる人を助けてあげてね」

『『『はーい！』』』

そう言いながら、ブルーを残してみんな散っていった。

土色のスライオークルだけ、口数が少ないので返事はしないけど、根はとても優しい子だと知っているのでまったく気にならない。

「ブルーちゃん。今日は解体ないんだって？」

『そうだぜ！　今日はご主人様にある提案をしにきたぜ！』

この子は、僕が初めて認識した、『自我が強くなった個体』のスライムのスライブルーちゃん。

自我を持ったから名前をつけてあげると言ったら、直後に、スライムネットワークを通して全スラちゃんたちに伝わったらしく、一気に自我を開花させたスラちゃんたちが生まれた。

スライ戦隊は、体の色で得意なものがひと目でわかる。スライブルーは水魔法が得意で、スライレッドは火魔法が得意だったりする。

中でも、スライオークルは土魔法が得意で、魔法で作物を育てられる畑用の土を作ったり整地したりと、村で一番忙しい。

スライ戦隊は、五種類の魔法が使えるスラちゃんたちだったから、前世で見た戦隊モノを真似て、なんとなく名前をつけてみたら、みんなに大好評だった。中でもリア姉が大興奮だった。

「提案？　悪さはダメだよ？」

『僕ちんは、ご主人様じゃないぜ！』

「…………」

最近はスラちゃんたちにさえ、口では勝てなくなった気がするのは気のせいかな……。

『村に川を引こうと思うから、許可が欲しいぜ！』

「え？　川？」

『村の近くに川があった方が、いろいろ便利だと思うぜ！』

「それはそうだけど……引っ張るって、どこから？」

『南からだぜ！』

「南って……お父さんに絶対に入るなって怒られたよ？」

『それはご主人様だからだぜ！』

「………」

な、なんか負けた気がする！

「待って！　僕もついていく！」

『ご主人様。お父様の許可を取ってくれ、だぜ！』

「……待ってて！」

大急ぎでお父さんのところに走っていき、事情を説明した。

「ダメだ！」

「え〜！　スラちゃんに乗って地上には下りないから！」

「それでもダメだ！　南には空を飛ぶ魔物もいる！」

「スラちゃんはいいのに？」

「いや、できればスラちゃんも止めてほしい。南には極力近付いてほしくないんだ」

「だって〜。ブルーちゃん」

『……ご主人様のばかぁぁぁぁ！』

ブルーちゃんは、涙を流しながらどこかに飛び去った。

「あ。お父さんが泣かせた」

「俺のせいにするなっ」

お父さんの拳骨が落ちた。

「でも、川があったらいろいろ便利だと思うんだよね。ノア兄さんのためにも」

「………………」

「危なくなったらすぐ帰ってくるし、スラちゃんたちもできるだけ全員連れていくから～」

「……川はどの辺にあるんだ？　ブルーちゃん」

飛び去ったはずのブルーちゃんが、僕の影から出てくる。

「うお⁉　いつの間に？」

『ふっふっ！　新しく覚えた忍術というものだぜ！』

戦隊モノを説明したときに、忍者についてもあれこれ教えたら、まさか忍術を真似るなんて。

今度は僕が教えてもらおうっと。

『ここだぜ！』

お父さんが開いた地図を指差したブルー。

「なるほど……ここまでなら入っても構わない。ただし、その奥に進まないこと。それまでに出会う魔物は極力――倒すこと。いいね？」

「あいっ！」『あいっ！　だぜ！』

「はぁ……その主人にその従魔だな」

「それを言ったら、僕はお父さんの息子だよ？」

「………………」

ふふっ！　勝った！　まだお父さんになら勝てるっ！

こうして、スライ戦隊たちと大勢のスラちゃんたちと、南の森に入ることになった。

当然のように、リア姉とソフィも一緒に行くことになった。


南の森に足を踏み入れる。

全身を何者かに握られるかのような、ぞわっとした感覚があったが、周りを見ると何もない。

「リア姉、ソフィ、大丈夫？」

「「だ、大丈夫」」

僕だけじゃなく、みんなも同じ感覚を味わったみたいだね。この感覚。空気自体が重苦しい。

気のせいか生えている樹木も、少し黒い色になっていて、触らなくても硬さが伝わってくる。

普通の木々ではない。

こんなに空気が重苦しくて、禍々しい気配のする森に立つ樹木だもんな。そりゃ頑丈にもなるか。

勝手に動いたりはしないみたいで良かった。

「ここからは、お父さんとの約束で僕たちは空を飛んで、危険があったら全力で逃げるよ！」

「「りょうかい！」」

『『『りょうかい～！』』』

今回、参戦してくれたスラちゃんたちは、スライ戦隊の五匹、普通のスラちゃん三百匹、そしてナンバーズと呼んでいる十匹のスラちゃん、七匹のスラちゃんだ。

ナンバーズと七匹のスライムはまた今度説明するけど、うちのスラちゃんたちの中でも最も強い十七匹のスラちゃんたちだ。

それもあって、ちょっと気難しいところはあるけど、とても仲間思いで、困ったら助けてくれる、頼もしくて優しいスラちゃんには変わりない。

空を飛んで木々の上を行く。低く飛ぶと急な襲撃に対応できないので、いつもより高度を上げて進んでいく。

飛んでいると案の定、木々の隙間からこちらに向けられる殺気を感じた。直後、見たこともないような大蛇が、こちらに向かって飛んでくる。長さは十メートルくらいある巨体だ。

誰よりも先に動いたのは、ナンバーズ。

一瞬のためらいもなく、蛇が木から飛び上がった瞬間に飛び出たナンバーズ。

連携を取ると思いきや、テンちゃんだけが立ち向かう。

『ブラッディソード！』

凛々しい表情をしたテンちゃんの全身から、どす黒い刃がいくつも出て、蛇もどき魔物を刻む。

豆腐を切るかのように、魔物を十等分にして倒す。

落ちていく魔物の肉は、他のスラちゃんたちがキャッチして村に運び始めた。

『えっへん！』

ドヤ顔するテンちゃんは、どこかソフィに似ている。末っ子体質かな？

「テンちゃん、ナイス～」

僕たちは、そのまま奥に向かって進んだ。

森の奥には大きな山脈が見え、山脈の後ろには海が広がっているだろうな、と推測している。

実は、未だかつて山脈を越えた人はいないみたいで、後ろに何があるのか、誰も知らないみたい。

船を使って川から海に向かえばいいんじゃないか、と思ったけど、海岸沿い以外の水場には魔物が出現することもあり、川や湖にも強力な魔物が出現するので、船はほとんど利用されないみたい。


いつか、スラちゃんたちに飛んでいってもらおうかな？

山脈には絶対に近付かないように言われているので、そちらではなく、遥か手前にある木々がない場所に向かう。

『ご主人様！　あそこだぜ！』

ブルーちゃんの案内で降りた場所は、相変わらず重苦しい空気なのに、どこか澄んだ気配がする湖だった。しかも結構広い。

『この湖には、魔物が住んでいないから、水を引っ張ってもいいと思うぜ！』

「そっか。それならいいね。川から魔物が流れてくる心配もないもんね」

『その対策も考えついてるぜ！』

戦隊モノのリーダーってどちらかというと、赤か白のイメージがあるんだけど、彼らの中で最もリーダーシップを発揮しているのは、やっぱりブルーちゃんだよな。

「わかった。そこは任せるね？」

『任されたぜ！』

それから、僕たちは湖に降り立つ。そういや湖面に立つのが夢でもあった。水の上に立つってかっこいいからね。

「スラちゃん〜、体をこんな感じにできない？」

僕は、水魔法を使って変身してほしい形を見せる。すると僕たちが乗っていたスラちゃんが、体を揺らして形を変えてくれた。

上半身を鎧のように覆い、背中には羽が生えているような形だ。飛ぶのに羽はいらないんだけどね。見た目のためのものだ。

「わあ〜！　セシルが天使様みたい！」

「おにぃ天使〜！」

「これなら立ったまま活動できそう！　リア姉とソフィも、すごく似合ってるよ！」

美しい金色の長髪が風に揺られ、水でできた背中の羽が、まるで本物の天使のように見える。

「さらに、魔力操作を使えば意思疎通もできるから、僕が考えた通りにスラちゃんが動いてくれて、空を自由自在に飛べる～」

湖の上を、ひゅんひゅんと飛び回る。

リア姉とソフィも飛び回るのだけれど、激しく飛び回ってスカートがあわやめくれそうになっているが、そうはならない。というのも、スラちゃんがダブルスペル（魔法を二つ同時に使うこと）を使って風魔法を発動させ、服が、風に飛ばされたり傷ついたりしないように、薄いバリアのようなものを張ってくれているのだ。これがあれば、心配ない。

そこで僕は、前世の子どものころに夢みた、湖の中心部に降り立つことを試す。

空からゆっくりと降下しながら、少し左脚を曲げて、右足のつま先を伸ばして湖の水面ギリギリに触れた。

静かな湖の水面に、触れた場所から静かに一本の波紋が広がっていく。とても綺麗で、まるで映画でも見ているかのような神秘的な光景だ。

と、そのとき――

『――けて』

不思議な声が水面を伝い、僕の体に直接語りかけてきた。

「お兄ちゃん？　どうしたの？」

驚いている僕の顔を覗き込むソフィ。

「えっと……？　湖の中から声が……？」

「声？　私は聞こえなかったよ？」

「普通の声というよりは、スラちゃんたちみたいな、念話的なものかな？」

右手を伸ばして、湖に手を入れてみる。

ひんやりとした水が、少し暑くなってきた季節に、心地いいとさえ思える。

『――――助けて‼』

「やっぱり湖の下からだ。助けてって」

「助けて？　ふ～ん。女の子？」

「女性の声っぽいかな？」

「助けなくていいよ、お兄ちゃん」

「ソフィ……ほらほら」

左手でソフィの頭を撫でてあげると、「えへへ～。助けていいよ～」って笑顔で言ってくれた。

「さて……助けてと言われたけど、どうしたものか」

「お兄ちゃん。それならうちの子たちに任せて～」

『げっ。めんどくさ……』

ソフィの隣に、七匹のスラちゃんたちが降りてくる。

スライ戦隊は、それぞれの色が違うけど、体の大きさは他のスライムと変わらない。

それに比べて、ナンバーズと七匹のスライムたちは違う。ナンバーズはリア姉が育てたというべきか、リア姉の所属的な扱いだ。もう片方の七匹のスライムはソフィだ。

ナンバーズたちの体は純白の色をしており、さらに白い生地に金色の刺繍が入った、制服のようなマントのようなものを纏っている。そして、全員が魔法ではなく、何らかの武器を使う。

ここに来る間にテンちゃんが使った、『ブラッディソード』なんてのが一例だね。

七匹のスライムたちは全員が——黒いスライムである。ブラックスライムという種族らしく、うちのスラちゃんたちの中で自我が芽生えたとき、さらに進化したそうだ。ちなみにナンバーズたちは、ホワイトスライムだったりする。

ナンバーズたちもそうだけど、自我を持ってさらに進化するなんて、スライムって不思議な種族だなと思った。そして、スライ戦隊、ナンバーズ、七匹のスライムたちが生まれたのも嬉しい。

「ふふっ。スローくん。妹をよろしくな」

『う、うぃ……』

常にやる気のないスローくん。目を離すとすぐだらけてしまうけど、根は優しくて、いざというときは頑張ってくれるのだ。

「スローくんが行きたいのね！　さあ、スロー！　いってらっしゃい〜！」

『げ……仕方ねぇな……戻ったら昼寝してやる……』

少し不満を口にしながらも、口元が緩んだスローくんが、水面にゆっくり近付いていく。

『スローくん！　僕ちんも行くぜ！』

『おう……ブルーがいるなら、俺いらないんじゃ……』

『そんなことないぜ！　一緒に行くんだぜ！』

『はぁ……熱いやつは苦手なんだけどな……』

二匹のスライムは仲良く（？）湖の中に入っていった。

待っている間、周囲を眺めていると、やっぱり目立つのはナンバーズたちと七匹のスライムたち。

白と黒。リア姉とソフィに分かれて飛んでいる。

実は――二つのグループは仲が悪い。といっても喧嘩したりするほどではないけど、いがみ合うくらいの関係のようだ。

それにしても、リア姉もソフィも、羽を付けると天使そのものだな。お母さんに似てて本当に綺麗。スクリーンを使ってアデランス町やニーア街を眺めたり、村を見ていても、二人のような美少女を見かけることはない。

湖に、二人の天使が浮いているだけで、とても絵になるな。

『ボス』

一匹のナンバーズが近付いてきた。

「ワンくん？　どうしたの？」

『周りの魔物は湖に近付いてきませんが、ボスたちを狙っている魔物がいます』

「湖の中心部から森まで結構遠いのに、狙われてるんだ？」

『はい。このままでも湖の中に入って来たりはしませんが、放置するのはよくないと思います。こちらから先手を打ってもよろしいでしょうか？』

「大丈夫そう？」

『お任せください』

「わかった。頼んだよ」

『かしこまりました。ラース、守りを頼んでいいか？』

『俺が出てもいいぜ？』

『いや、守ってくれていい。せっかくの機会だ。ボスに我らの力も見てもらいたい』

『くっくっ。いいだろう。守りは任せな』

『かたじけない。ナンバーズ。全員出撃するぞ！』

『『『ッサー！』』』

直後、ナンバーズたちが、ものすごいスピードで森の方に飛んでいく。

まだ『スライムテイマー』の頃はこんなに速く動けなかったのに、『スライムマスター』になって熟練度が上がれば上がるほど、スラちゃんたちの動きが素早くなっていく。さらにナンバーズたちは、特殊個体のホワイトスライムだからか、まるで風のように駆け抜ける。

森に着くと、何体もの巨大な魔物が咆哮《ほうこう》を上げる。強烈な咆哮に、湖の水が波となり荒れ始める。

『ウェポン、リリース！』

それぞれのナンバーズたちの周りに、白色に輝く武器が現れる。

十匹のナンバーズたちが、魔物のすぐ近くを通り過ぎると、速さも相まって一瞬で倒れていく。

見るからに強力そうな魔物なのに、まさかどれも一撃で倒せるなんて……もしかして、僕が思っていたより、この森の魔物って……弱いのかな？

倒した魔物は、ざっと五十体くらいいたけど、またスラちゃんたちが手分けして村に運び始めた。

『ボス、全滅させてきました』

「お疲れ様！　すごくかっこよかったよ！」

『ははっ』

ナンバーズたちは水面に立ち、跪いて頭を下げた。スライムなので足も頭もないけど、何となくわかるというか、そういう風に見える。

ちょうどそのとき、レッドちゃんが近付いてきて、スクリーンを展開させる。

『ご主人様、湖の一番底に着いたみたい！』

スクリーンには、ブルーが可愛らしい手を伸ばして振っている姿が映し出されていた。周りに見える景色は、水の中にある遺跡のような場所だった。

そこには、真っ黒い鎖に繋がれた、白い毛並みがとても可愛らしい小さな狐が見える。

ただ、目元や背中に赤色の模様みたいなのがあって、異世界の珍しい魔物っぽい？　尻尾も一つじゃなくて無数にあるようだけど、纏まっていて正確な数まではわからない。

「可愛いわね」

「うん。声からしても可愛かったからね。全身がボロボロなのが気になるかな」

「ふふっ。セシルは優しいんだから」

リア姉が、僕の左腕に抱きついてくる。柔らかい全身で僕の腕を抱きしめた。

『ご主人様！　下に降りる？』

「そうだね。呼ばれたからには、事情を聞くくらいはできたらいいなと思うよ。鎖とかも気になるし」

『かしこまり！　スローくん。よろしく頼むぜ』

『うえ……やっぱりするのか……』

『そのために降りてきたんだぜ？』

『わったよ！　やりゃいいんだろう！　やりゃ‼』

スローくんの身体から純白の光が溢れ出て、自分を中心に半径三メートルくらいの光の円柱が作られた。円柱は湖底から、僕たちが飛んでいる水面にまで達した。

『ほらよ！』

『次は僕ちんの番だぜ！』

今度はブルーくんから魔力が溢れ、光の円柱の中に入っていた水が、一斉に光の円柱の外に弾き出される。それによって、僕たちが浮いている水面から水底まで空洞が生まれた。

湖の水は、円柱の光に阻まれて内側には入って来ず、すごく神秘的な光景が広がっていた。

やっぱり……異世界ってすごい！

『ご主人様！　道は空けたぜ！』

「二人ともありがとう～。今から降りるね」

いつの間にか、右手にもソフィが抱きつき、僕たちはそのまま水中の白い狐の元に降りていく。湖の中には魔物が住んでいないというだけあって、光の柱の外には多くの魚が泳いでいた。

前世でいうなら、水族館みたいな光景？　でも、こんな自然体のような水族館は見たことない。だって、深さはざっと見積もっても百メートルくらいはあるから、こんな巨大な水槽なん

てそう簡単に作れないし、これだけの水圧に耐えられるものは聞いたことないもんな。

そう思うと、この光の柱の強度が、どれだけすごいのかよくわかる。

降りていく途中、二人は水中の幻想的な光景に、「綺麗～」と嬉しそうに声を上げていた。

湖底に着くと、遺跡は思っていたよりもずっと巨大で、人間というより巨人が建てたんじゃないかと思えるほどに、大きな柱が転がっている。

そんな中、僕よりも小さい白い狐のアンバランスさに、違和感を覚える。

「君が僕を呼んだのかい？」

『助けて……お願い……』

ここまで近付くと、彼女の声がちゃんと聞こえる。水面では水に触れないと声が届かなかったから。

「えっと、君は、どうしてこんなところに捕まってるの？」

『私は……魔族によってここに捕まったままになっているんです……』

「魔族……？」

異世界にはいろんな種族がいて、人族だけじゃなく獣人族や魔族もいて、人族と魔族は長い間いがみ合っていると、お母さんから教わった。

余談だけど、人族には『勇者』と『聖女』が生まれて、魔族の『魔王』と対立できるように、神々が才能を与えているという。

それら三つの才能は、どの時代にも一人ずつ生まれるという。まさに神々に最も愛された存在といえるね。

『はい……私ではこの鎖を切ることはできなくて……』

ん……声の雰囲気から、嘘をついているようには見えない？

「君、名前は？」

『スイレンと申します……』

スイレン？　睡蓮？　たしかに、水に咲く綺麗な白い花に見えるから、とても似合う名前だ。

「君を封印した魔族の名前は知ってる？」

『い、いえ……』

「君の家族は？」

『みんな魔族に……』

「ここから出たら――何がしたい？」

『えっ……？』

「ほら、助けてもらったら何をしたいかって、聞いてみたくて」

『………』

きっと、魔族のもとに飛んでいきたいのだろう。家族がやられた復讐を遂げるために。でも、それでは何かの火種になりかねないから、それだけは止めたいね。

僕はゆっくりと手を伸ばして、彼女の頭を優しく撫でてあげる。

『⁉　…………』

全く濡れておらず、ふさふさした毛並みがとても気持ちいい。

――【スキル『封印奪取』を獲得しました。】

封印奪取……？

何となく、これを使えば彼女を助けられるであろうことがわかる。せっかくだから使ってみようか。

僕はさっそく手に入れた『封印奪取』を使った。

そのとき――上空から聞き慣れた声が鳴り響いた。

「セシルちゃああああん！　ダメえええええええ！」

「あ」

上空から焦った表情で落ちてくるお母さん。

必死さが伝わるお母さんの声が聞こえるのと、白い狐を縛っていた鎖が、『パリーン』と勢いよく音を立てて切れたのはほぼ同時だった。

「ダ、ダメぇぇぇぇぇぇ！」

こんなにも必死なお母さんは見たことがない。いや、僕が赤ちゃんだった頃も、きっとこういう表情をしていたんだろうな。

ふと、足元が気になって視線を向けると、白い狐が、僕と空から落ちてくるお母さんを交互に見上げていた。

「…………ふふっ」

ニヤリとした狐は——毛並みが黒色に変わり始め、折れた黒い鎖は白色に変わっていく。

可愛らしい姿はそのままだけど、顔というべきか表情というべきか、最初の可哀想な雰囲気からうって変わり、ゆがんだ笑みを浮かべていた。

「あはは……あははははは〜！　やっと解放されたわ〜！」

降りてきたお母さんが、止まらぬ速さで僕とリア姉、ソフィを抱きしめて自分の後ろに隠した。

「あら、久しぶりね」

「……まさか、こんなにも早く再会するとは思いませんでした」

「私もそう思ったわ。まさかこんなにも早く——復讐ができるなんてね！」

黒くなった狐から、ものすごい殺気が込められた衝撃波が放たれる。

強い風圧が僕たちに向けられるが、それほど脅威感はない……？

「お母さん？」

「セシルちゃん。今すぐにスラちゃんたちとここから逃げなさい」

「えっ？」

「ここは私が時間を稼ぐから、急いでお父さんに、彼女が復活したことを伝えてちょうだい。お願い。急いで」

「あははは！　逃がすと思う⁉　まさか、封印を解いてくれたのがあんたの息子だったとは！とんだドラ息子だね！」

「セシルちゃんは、ドラ息子なんかじゃありません‼」

「あはは～。私の封印を解いたのは、さしずめ勇者というべきかもしれないわ。皮肉なものだね」

「……」

お母さんの額から大粒の汗が流れる。それだけじゃない。全身に鳥肌が立っていて、すごく――震えている。

それだけあの黒い狐が怖いってことだ。たしかに放たれている威圧感は、今まで感じたこともないくらい強い。けど――

「この場で全員亡き者にしてやるわ‼」

黒い狐が何かをしようとしたので——躾《しつけ》をする。

「お座り」

「きゃん⁉」

黒い狐は、その場で可愛らしくちょこんと座った。

「えっ？」

「へ？」

お母さんと黒い狐は、何が起こったのかわけがわからないようで、ポカーンとした。

数秒間の沈黙の後、二人の視線が僕に向く。

「セシルちゃん⁉　いったい何をしたの⁉」

「小僧⁉　いったい何をしたのだ⁉」

二人の声がぴったり合う。

「何って……躾？」

「「躾⁉」」

「ほら」

僕は右手を前に出すと、手のひらから白い紐が伸びて、黒い狐の首元に繋がっている。

「これは首輪だよ～」

「首輪!?」

「狐ちゃんの封印は、大地に縛り付けるものだったでしょう？　それを僕が奪ったから、僕に縛り付いてるんだ。だからこうして紐で首輪になって、僕の命令は絶対に聞くことになるよ？」

「「えええええっ!?」」

もしかして二人って仲良しなのかな？　反応を見せるタイミングがばっちり同じだ。

「スイレンちゃんだったよね」

「は、はひ！」

ちょこんと座ったまま、驚いた表情で僕を見上げる。

「家族が魔族によって亡くなったのは、嘘だったんだよね？」

「は、はい……」

「嘘はダメだからね？　ちゃんと本当のこと言って？　なんでこんな場所にいたの？」

「は、はい……私は勇者との戦いに敗れ、この地に封印されました……」

「勇者!?」

意外な答えにびっくりした。だって、勇者ってあの勇者だよね？

「セ、セシルちゃん！　ちょ、ちょっといろいろ聞きたいことがあるの！」

「うん？」

「どうして彼女は、セシルちゃんの言うことを聞いているの？」

「え～？　だって、僕の――従魔になったから」

「「えええええっ⁉」」

「ほら」

もう一度首輪の紐を見せてあげる。

お母さんは、ようやく事情を呑み込んだようで、その場に崩れるように座り込んだ。そして――大粒の涙を浮かべて、僕たち三人を一緒に抱きしめてくれた。

「みんな無事で本当によかった……まさか、こんなところにまで来るとは思いもしなかったけど……みんなが無事なら問題ないわね」

理由はわからないけど、流れる涙をハンカチで拭いてあげる。

スイレンちゃんが、どんな狐なのかは僕にはわからないけど、何か勝手なことをしてしまって、少しだけ罪悪感を覚える。まさか、お母さんを泣かすなんて思いもしなかったから。

「ミ、ミラぁあああああ！」

遅れて上空からお父さんが、ものすごいスピードでやってきた。

スイレンちゃんを見たお父さんは、当然すごく驚いたけど、お母さんが速やかに事情を説明して納得してくれた。

その間に僕は、スイレンちゃんにスラちゃんたちを紹介してあげた。

スイレンちゃんは、スラちゃんたちを見て、目を細めて呆れていたけど、どうしたんだろうか？

お父さんへの現状の説明と、スイレンちゃんへの家族やスラちゃんたちの紹介が終わり、ようやく僕たちの間の空気は平常時のものとなった。

「本日より、セシル様の従魔となりましたスイレンと申します。これからよしなに」

「貴方」

「は、はい？」

「さっき、うちのセシルを――ドラ息子なんて言ったわね？」

「ひぃ!?　ご、ごめんなさい！　そ、そんなことありませんの！」

今は、リア姉に見下ろされて、おどおどするスイレンちゃんが可愛い。

「スイレン～、また毛並みを白くできる？」

「はい！　仰せのままに！」

一瞬で毛並みが黒から白に変わった。

「「可愛い～」」

リア姉とソフィは、スイレンの背中を擦ったり、頭を撫でたりする。

うちの番犬ならぬ、番狐になってくれたらいいな。

「……ミラ。これは夢じゃないよな？」

「そんなはずないですよ……私はこの肌でしっかり感じましたから」

「そうか……セシルには驚かされるばかりだが、これは予想だにしなかったな」

「私もですわ。川を引きに行って、まさか湖の中に入るなんて思いもしませんでした」

お父さんとお母さんが話しているけど、そろそろ川を引かないと日が暮れてしまいそうだ。

「みんな～、そろそろ川を村まで引かないと日が暮れてしまうよ～」

みんなが僕を見つめる。

「セシルのせいなのでは？」「お兄ちゃんのせいなのでは？」「『セシルがやったのに……？』」

『ご主人様のせいだぜ……？』「主……？」

「僕を、そんなトラブルメーカーみたいな目で見ないでぇえええ～？」

湖の中から飛び出て上空に上がると、湖に穴を空けてくれたスローくんが魔法を解く。水は、勢いよく空洞となった部分に落ちていった。

「あれ？　このまま水が溢れたりしない？」

『大丈夫だぜ！　僕ちんがいるから！』

今度はブルーが何かの魔法を使うと、湖の水は氾濫することなく、静かに元の状態へ戻った。

「……主？　そのスライムは何なの？」

「あ～、僕の従魔たちだよ～」

「……このスライム全部？」

「そうだけど？」

「……はあ」

その溜息はなんだろう？

『ご主人様。これからオークルと一緒に川を引くぜ！』

「うん！　任せた！　オークルもよろしくね。ワンたちとラスたちも二人を守ってね」

『かしこまりました』

『……ふん！』

ラスは、七匹のスライムたちのリーダーを任せられている。常に何かに怒っていて、口は悪いけど、誰よりも仲間思いの心優しいリーダースライムだ。

ちなみに、ここにいる二十二匹の特殊スライムたちの中で、最強だとみんなが口をそろえて言う。

みんな湖から村までの方向に飛んでいき、最初にオークルが何かの魔法を唱える。

すると、湖のほとりの土がボコボコと動いて水路を作り始めた。

そこに、ブルーの魔法で優しく水を流し始めると、まるで水で作られた蛇が土を食べながら進んでいるかのような光景が広がる。

……ミミズって言ったらダメだよ？

土が動く音が気持ちよく森に響くと、それを聞きつけた魔物が群がってくる。

それらを、二十匹の特殊スラちゃんたちが殲滅していく。

スライ戦隊の属性魔法、七匹のスライムの特殊な魔法、ナンバーズの武器魔法がそれぞれ、色とりどりに輝く。

倒した魔物は、他のスラちゃんたちが次々運んでいく。

「セ、セシル……？」

「あい？」

「あの魔物の素材って……どうするんだ？」

「え？　──売る？」

「…………」

お父さんは、どこか空の遠くを眺めて、長くて大きな溜息を一つ吐いた。

「これは全部、領地の収入にしよう！」

「それだけはやめろ！」

「え〜」

「え〜じゃない！　これはセシルの個人財産にしなさい！　これは親として初めての命令だ！」

「え〜！」

「え〜じゃない‼」

「むぅ……」

「それと、勝手に家にお金を入れるんじゃないぞ？　絶対だからな！」

あ……バレた。全額ノア兄さんを通して家に入れようとしたのに……くっ！

そのとき、僕の担当をしてくれるスラちゃんが、スクリーンを開いた。

「セシルくん～!?」

マイルちゃんが、驚いた表情でスクリーンいっぱいに映っている。うん。可愛い。

「高そうな素材が、いっぱい届いてるよ～!?」

「あはは～。森の魔物が多くて、スラちゃんたちが張り切ってて！」

「川を作りに行ったんじゃないの？」

「その音で魔物が大量にやってくるんだよ。ほら、聞こえるでしょう？　ごごごご～って」

「本当に聞こえるんだね」

「ほら～」

スクリーンを地面に向けると、マイルちゃんの「わあ～、すごい～！」って声が聞こえる。

「その素材は、全部いい感じで売ってくれる？　お父さんから僕の財産にしなさいって言われちゃってさ」

「え～！　これ全部セシルくんの財産になるの？」

「そうだね。お父さんが受け取らないっていうし、家のために使うなって言われて、たぶん怒られちゃうから……」

「ふふっ。ルーク様も困ってるんだね～」

「え～。マイルちゃんも、僕をトラブルメーカーみたいに言わないでよ～」

「えへへ～。じゃあ、こちらの素材も全て売った額を戻す形でいい？」

「うん！　よろしく頼むよ！」

「わかった！　任せておいて！　それと、素材が多すぎてニーア街だけでは捌《さば》ききれなくて、王都とかにも持っていきたいんだけど、スラちゃんたちの力を借りてもいい？」

「もちろんだよ。それなら――アネモネ商会専属のスラちゃん隊を作ろうか！」

「いいの？」

「もちろん！　マイルちゃんだって――もう家族だし」

「「!?」」

僕の両肩を、ぐいっと握り締めるものがあった。

「セシル？」「お兄ちゃん？」

「家族にした覚えはまだないけど……？」」

「あ、あはは……う、うん。ご、ごめん。まだ家族じゃなかったね」

「「まだ？」」

肩を握るリア姉とソフィの手に、さらに力が入る。

「んも！　マイルちゃんだって、うちのブリュンヒルド家のために頑張ってくれているから！

家族みたいなもんでしょう？」

「「全然違うよ‼」」

「ち、違うのか……」

まさか、マイルちゃんからも拒否されるとは思いもしなかった。辛い……。


村に帰り、その足で僕はノアお兄さんたちのところに逃げ込んで、慰めてもらった。

「セシルくん？　背中のそれは何？」

僕の背中にくっついている、白い可愛らしいスイレンちゃんを見て、不思議がるノア兄さん。

「この子は、今日から、僕の従魔となったスイレンちゃんなんだ」

「初めまして。スイレンと申しますわ」

「魔物が喋った⁉」

当たり前のように喋っていたから気にしなかったけど、喋る魔物って珍しいよね？

「こちらは、僕の兄さんたちだよ～」

スイレンちゃんにも、ノア兄さんたちを紹介してあげた。

さらに、ここまでの経緯をノア兄さんたちに話すと、ノア兄さんとオーウェン兄さんは苦笑いを浮かべていたけど、ジャック兄さんは少し残念そうにしていた。

夕飯までまだ少し時間があるので、久しぶりに東の森に来た。

リア姉とソフィは、マイルちゃんと三人でどこかに遊びに行ったみたいなので、一緒に来たのは、スイレンちゃんとスライ戦隊たちだけだ。

子猪をスライ戦隊が倒し始めて、僕はそれを眺めながら東の森を散策する。

「主は戦いませんの?」

「僕はまだ戦えないからね」

「戦えない……?」

「うん。だって戦うスキルとかないから」

厳密に言えばあることはある。一度使ったら少しの間使えなくなる、攻撃スキルの疾風迅雷だけ持っているから。

「……主って、魔力を纏わせたりはしないのかしら?」

「魔力を纏わせる……?」

「そうよ。魔力というのは全ての力の原点。かの勇者だってただ聖剣を振り回していたわけじゃなくて、しっかり魔力を纏わせて戦っていたのよ?」

「ほえ〜。でも僕に聖剣はないよ?」

「勇者が聖剣に適性があるように、みんなそれぞれ適性というものがあるの。主は自分の体に適性があるように見えるんだけど……?」

「そうなのか?」

ふと、以前、魔力をスラちゃんたちにあげるために、体に纏わせたことを思い出した。

あのとき、不思議と体の奥から、力が溢れ出る感じがしたっけ。

久しぶりに当時のことを思い出して、スイレンちゃんに言われた通りに、体の内側から魔力を溢れさせ、体に纏わせた。

美しい黄金色の光が、僕の体を包み込んだ。

光の温もりもあるけど、その中にある力強さも感じられる。

「ほら、やっぱり。主は魔力を変換するのではなく、直接纏うタイプなのよ」

「ん？　魔力って使い方があるの？」

「もちろんよ。大半……いや、ほぼ全ての人族は変換タイプが多いわね。魔力を魔法という形に変換して、力に変えるの」

「なるほど！　って、魔力って魔法を使う以外の使い方もあるの？」

「あるわよ〜。だって、主が今やってるそれよ。俗にいう『魔纏《まてん》』という技術で、魔物や魔族がよく使う技法ね。先天的な力だから練習してできるようになるとかじゃないと思うけど、主の『魔纏』は、不思議な感じがするわよ？」

「ほえ〜」

『魔纏』という力は、お母さんからも教わったことがない力だ。スイレンちゃんの言葉が正しければ、そもそも人族は使えないから、教えてもらえなかったのかな？

あれ？　でも僕のこれは『魔纏』というよりは、『魔力操作』を使った魔力を形にする方法だ。形式が違うから別物なのだとは思うけど……。

「主。私の魔纏を見る？」

「スイレンちゃんも使えるの？」

「そりゃ……私だって立派な魔族だもの」

スイレンちゃんって……魔物の類《たぐい》じゃなくて魔族だったんだ。

「お願いするよ～」

「任された～！」

背中にくっついていたスイレンちゃんが、僕の前に飛び上がり、全身に禍々しいオーラのようなものを放ち始めた。

禍々しいオーラは段々と形を作り、普段纏まっているスイレンちゃんの九つの尻尾が広げられ、黒い大きな爪に変わった。

「これは私の魔纏だわよ～」

そう言いながら、さらに飛び上がったスイレンちゃんが、尻尾を振り下ろすと、強烈な衝撃波が、東の森の木々を巻き込んで吹き飛ばしていく。

地面には、巨大な九つの爪痕が残されていた。

「すごい～！　魔纏にたくさんの魔力が込められているから、それを攻撃に使ったんだね？」

「そうよ。でも狙ってできるようなものではないわ。私の種族の特殊な力なの」

「そっか……う～ん」

でも見た感じ……僕にもできそう？

ふと、魔力支配を使って魔力を動かそうとすると、スイレンちゃんの封印の鎖が感じられた。

それをたどり、スイレンちゃんの魔力に触れる。

「ひゃん⁉」

僕の魔力に、スイレンちゃんの魔力が混じり合う。

スラちゃんたちはスライムスキル。リア姉は教皇魔法。ソフィは賢者魔法。そして、スレインちゃんは……闇魔法系統の力のようだ。

闇魔法は、賢者が使えない唯一の属性なので、スイレンちゃんのおかげで闇魔法も使えるようになったね！

「あ、主？」

「あーごめんごめん。魔力支配でちょっと触れたから、魔力をちょっともらったよ」

「魔力……支配……？　人族なのに？」

スイレンちゃんが、お母さんと同じ反応をみせる。

今はそんなことより、スイレンちゃんが使った『魔纏』というものを試す。

自分の魔力を魔纏に切り換える。魔力がどんどん溢れ出て、自然な形に纏まり始める。

そして現れたのは——僕の背丈よりも大きい剣が二振りだった。

大きさは、刀身だけで二メートルくらいはありそうなくらい大きく、空中に浮いている。

一振りは真っ白な剣で、もう一振りは真っ黒な剣。

柄の下部が鎖になっていて、僕の体にくっついていて、感覚が共有されている感じ。

「ほえ～。魔纏って、自分の体の一部みたいになるんだ？」

しかし、スイレンちゃんは返事をしない。

「スイレンちゃん？」

「あ……あぁ……そ、そんな…………」

可愛らしい口と目を大きく開いて、僕の魔纏を見ながら何かを呟き始めた。

せっかく魔纏を使ったんだから、試してみよう！

スイレンちゃんが作った地面の爪痕に——二振りの剣を振り下ろした。


ズガガガガガガガーン！


大地は切り裂かれ、暴風によって視界の木々や地面が吹き飛ばされ、まるで最初から僕の前には何もなかったかのような、巨大なクレーターが出来上がった。

「う、うわあああああ！　ど、どうしよう⁉」

「あ、主……？」

「お、お父さんにまた怒られるよおおお！」

「主……怒られることよりも、もっと驚くことがあるんじゃないのかしら」

「うん？」

「こんな大きな力が使えるようになったとか」

「わあ〜！　僕がこんなすごい力を使ってしまったよ〜！」

当然——村の方から猛スピードで、スラちゃんに乗ったお父さんとお母さんが飛んできた。

最初こそ焦った表情だったけど、クレーターの前に僕が立っているのを見ると、少しずつ表情が変わる。

真上から、ゆっくりと降りてきたお父さんとお母さんは、目を細めて僕を見つめる。

「「セシル？」」

「あいっ！」

「「それは？」」

「あいっ！　僕の新しい力を試したらこうなりましたっ！」

「「…………」」

「オークルくんにお願いして、すぐに元通りにします！」

「はあ……いつもの悪戯に加えて、今度はこんな力まで……」

――――【スキル『魔王覇気』を獲得しました。】

ん？　新しいスキルを獲得した？

直後、僕の体から、何か得体の知れない気配が周囲に広がっていく。

「セシル‼　すぐにその気配を消しなさいいいいいい！」

「は、はいいいいいい！」

すごい形相で怒るお父さんに圧倒され、急いで『魔王覇気』とやらを消した。どうやらオンオフできるスキルみたいで、簡単に切れた。

「い、今のは？」

「また新しいスキルを手に入れちゃった……」

「……絶対に、それを誰かに向かって使わないようにな」

「うん！　わかった！」

「はあ……」

急いでオークルにお願いして、抉《えぐ》れた地面を修復してもらいながら、吹き飛んだ木々も地面に戻しておいた。

第七章　それぞれの目標

村に帰ってくると、心配そうにマイルちゃんが出迎えてくれた。

「セシルくん？　何があったの？」

「あはは……スイレンちゃんに教わったことを試したら、ちょっと爆発しちゃって……」

「ケガはない⁉」

「うん！　大丈夫。心配してくれてありがとうね。マイルちゃん」

後ろから、鬼の形相で睨んでいるお父さんとお母さんを見ないようにして、広場にあるスランポリンに遊びにいく。

マイルちゃんとリア姉やソフィも来て、みんなで村の子どもたちと楽しく遊んだ。

その晩。

リア姉とソフィがお母さんに呼ばれて、部屋には僕とスイレンちゃん、何匹かのスラちゃんだけとなっていた。

スラちゃんたちは、ベッドの下で気持ちよさそうに目を瞑っている。

実際寝ているわけではなく、こうして穏やかに僕を守ってくれているのだ。

「主？　さっき『魔王覇気』を使っていたのよね？」

「そうだね。どんな力か知ってる？」

「当然知っているけど……主って本当に人族？」

「僕はちゃんと人族だよ！　お父さんとお母さんの子ども！」

「そうね……あの二人の子どもなのは間違いないのに……どうして主みたいな子どもが生まれたのか、理解に苦しむわよ……」

「僕をトラブルメーカーみたいに言わないで？」

それにしても、スイレンちゃんはお父さんとお母さんのこと、昔から知っている口ぶりだ。息子として、両親の過去にはすごく興味がある。もちろん、スイレンちゃんが、どうして勇者によって、あそこに封印されることになったのかとかもね。

「スイレンちゃん？　『魔王覇気』は何ができるの？」

「それは簡単よ。自分より弱い者に絶望を与えることができるの」

「絶望……？」

「魔物に使えば主に忠誠を誓うだろうし、人族に使えば再起不能にできるかしらね」

あ……お父さんから、誰かに向けて使うなと言われた理由がわかった。

「あれ？　でも魔物って理性とかないんじゃなかったっけ？」

「ない。本能で跪くことになるわ」

「魔物って、魔素がある場所なら、ずっと生まれるんだよね？」

「そうね」

「生まれた魔物が全部従ってくれたら……？」

スイレンちゃんは小さい笑みを浮かべて、窓の外を見つめた。

「主は、今代の勇者と魔王の話を聞いているの？」

「うん？　聞いたことはないかな～。昔の勇者と魔王の話なら聞いたことはあるけど」

勇者というのは、いつの時代にも存在しているのに、本に出てくる勇者は、どれも大昔の勇者の話ばかり。

今代の勇者は、どこで何をしているのか、生きているのか、生まれたばかりなのか、エデン村が田舎だから聞かないものだとばかり思っている。

「それでは、勇者と魔王の話を少しだけ教えるわ」

「わ～い！」

「主が想像している通り、『魔王覇気』を使えば、魔素の溜まり場から生まれる魔物を、いくらでも手駒にすることができるの。今代の魔王は、世界で最も凶悪な魔物が生まれる場所でそれをやったのよ」

あれ……？　スキルの名前からして、確かに魔王が持ってそうなものだなと思ったけど、今代の魔王がそれをやった……？

「魔王は人族だけでなく、全ての種族を滅ぼすために、生まれてくる魔物をずっと仕掛けたの」

「それって、ものすごい被害になるんじゃ……？」

「そうね。魔族以外の種族はすごい被害を受けてしまい、魔王を倒すべく連合軍なんか作ったの。それからは、魔王と他の全人類の戦いになって、長い年月の戦いの中、人族から勇者と聖女が生まれて、二人は仲間の犠牲の下に魔王と戦うことができたの。勇者は戦いに勝ったけど、魔王を倒すことはできずに封印するしかできなかったわ」

「ほえ〜、魔王が強かったんだね？」

「いつの時代にも勇者と魔王が存在する。今代の魔王は、きっと歴代の中でも最強だったのかもしれないけど……強い魔王が生まれれば強い勇者が生まれる。それが世界の摂理なのかもしれない」

「じゃあ、今でもどこかに魔王が封印されていて、勇者様と聖女様が見守っているんだ？」

スイレンちゃんが一瞬ポカーンとして、「あはは〜」と笑い声を上げた。

「きっとそうね。でも一つ明確なことがあるわ」

「明確なこと？」

「魔王を封印した勇者。強い勇者が生まれたら、より強い魔王が生まれるのも世界の摂理。きっと魔王や勇者よりも強い――さしずめ、大魔王と呼ぶべきか。そんな存在が生まれているかもしれないの」

「大魔王⁉　それは大変！」

「大魔王が世界を滅ぼすぞってなる前に、主も強くならないといけないよ？」

「え？　僕？　どうして？」

「それは──」

スイレンちゃんが何かを言いかけたとき、扉が開いてリア姉とソフィが入ってきた。

「「お待たせ～」」

「おかえり～。何かお母さんに怒られることをしたの？」

二人は、すぐにベッドで僕の隣に座り込んだ。

「セシル？　怒られるのはセシルだけだよ？」

「お兄ちゃん？　怒られるのはお兄ちゃんだけだよ？」

二人とも綺麗に声を被らせて話す。さすがは姉妹……！

「セシルが、あまりにも好き勝手にするから、ちゃんと見張ってねって言われたの」

「…………」

冗談だと思うんだけど、それを否定できない自分が悲しい……！

リア姉たちが戻ってきたので、スイレンちゃんの話はそこで終わり、みんなで眠りについた。


翌日。

僕は、新しいスキルを試すために、東の森にやってきた。

お父さんから、誰かに向かって使うなと言われているけど、魔物に対して使うなとは言われていないからね。

スラちゃんたちも、散歩がてら一緒についてきて賑やかだ。

森を歩くと、奥から子猪三匹が見えた。

昨日、使うなと言われて切った『魔王覇気』を再度スイッチオンにする。

すると、全身から禍々しくてうねうねしたモノが周りに広がっていく。

放置しておくといくらでも広がりそうだったから、制御を試してみると意外にもあっさり成功して、範囲を狭めることができた。

そのまま、子猪に届く範囲に広げてみる。

触れた子猪がビクッとなって僕を見つめると――その場で足を崩して土下座をした。

「スイレンちゃん～、これで成功なの？」

「ええ。一匹でも従えることができれば、この魔物は、主の『魔王覇気』に触れれば必ずこうやって従ってくれることになるわよ」

「切っても？」

「一度触れた相手なら」

『魔王覇気』を切ってみると、子猪たちはそのまま土下座を続けていた。

並んでついてくるように命令してみると、僕の後ろを三匹の子猪が並んでついてくるようになった。

試しに、東の森を歩いて子猪を集めてみる。

百匹ほど『魔王覇気』に触れさせて、ついてくるようにできた。

並ぶ順番とか指定していないけど、子猪たちで勝手に決めたのか綺麗に並んでいる。もしかしたら『魔王覇気』に触れた順番通りになってるかも。

そのまま村に戻ってみる。

「「可愛い〜！」」

すぐに村の子どもたちが集まって、子猪の長蛇の列を眺めた。

「セシルちゃん⁉」

「お母さん〜、見てみて〜」

「まさか……昨日のあれを使ったの？」

「スイレンちゃんに少し教えてもらって使ってみたよ〜。みんなちゃんと言うこと聞いてくれるようになった！」

「そうみたいね……疲れたり、体に不調があったり、頭に角が生えたりしてない？」

「え？　問題ないよ？　頭に角なんて生えてないと思うけど」

お母さんは、僕の頭をベタベタ触って確認をする。

「魔王になったりはしてないみたいね……」

「お母さん。僕は魔王じゃないよ？」

「……それはそうね。スモールボアたちはどうするの？」

そういえば、ついてくるのが可愛いから連れてきたけど、どうしたいとかはない。

「う〜ん。どうしよう？」

「主。元々スモールボアは食べるために狩ってるから、このまま食用にするといいと思うよ」

「それもそうだね。じゃあ、みんな食用に〜」

するとスモールボアたちはみんな仲良く——肉加工場に入っていき、一匹、また一匹倒れていく。

ああやって倒れるのも命令できるんだね。

「セシルちゃん？」

「あい」

「あまり無闇に魔物を連れ歩かないようにね？　変な誤解されちゃうかもしれないから」

「は〜い。でも、お母さん？」

「うん？」

「スラちゃんたちはいいの？」

目を丸くしたお母さんは、すぐに微笑んで僕の頭を撫でてくれる。

「そうね。スラちゃんたちは大丈夫よ。魔物だからって必ず人を攻撃するわけじゃないからね？　ほら、バイコーンたちだって、私たちと一緒に暮らしてるでしょう？」

「うん！」

「でも悪い魔物を連れていたりすると、誤解する人もいるかもしれないからね。スイレンちゃんにいろいろ聞いて、連れててダメな魔物、いい魔物を覚えてね？」

「は～い」

「スイレンちゃんも、セシルちゃんをよろしくね」

「任されました～」

一瞬ためらったけど、お母さんは手を伸ばして、僕の肩にちょこんと乗っているスイレンちゃんの頭を、優しく撫でてあげた。

「今夜はセシルちゃんが食べたいって言っていた料理を作るわよ～？」

「本当に⁉　やったあ～！」

「うふふ。ちゃんとマイルちゃんも連れて来てね？」

「えっ？　マイルちゃんって、毎日うちに来てるのに？」

するとお母さんは目を細める。

「セシルちゃん？　母さんは、ちゃんと女の子をエスコートできる男性になってほしいのよ？それにマイルちゃんは毎日私たちのために頑張ってくれているの。ちゃんと感謝する気持ちを忘れないようにね？」

お父さんとお母さんが村民たちから愛される理由の一つに、常に感謝する気持ちを忘れずに、誰よりもみんなのために頑張っているというのがある。

僕もそういうところは何度も見てるし、そうなりたいと思ってる。

「うん！　でも、お母さん？　僕、全然忘れてないよ？」

すると、お母さんは微笑みを浮かべて、僕の頭を優しく撫でてくれる。

家に戻るお母さんを見守って、そのままアネモネ商会に向かった。

山積みになっている素材を、スラちゃんと村民たちが力を合わせて解体している。

その中心で指揮を執っているマイルちゃんの姿が見えた。

的確に指示を出していて、スラちゃんたちとの信頼関係もちゃんと築いてくれているからか、みんな笑顔で働いている。

邪魔になるとよくないので、しばらく屋根の上から見守りながら待つ。

「マイルちゃん……思っていたよりも忙しそうだな」

「そうね。主が魔物をたくさん倒しているからね～」

「僕のせい!?」

「当然でしょう～？　でもいいんじゃない？」

「ん？」

背中から僕の肩に頭をちょこんと乗せるスイレンちゃん。

「頑張ることは未来に希望を持った者だけができる。あの子が頑張るのはきっと夢や希望があるからだと思うわ」

そう言われて前世のことを思い出す。僕は夢も希望もなく、ただ生きるために毎日会社に通うだけの生活を送ってきた。

忙しくて大変なはずなのに、マイルちゃんもスラちゃんたちも村民たちも、みんな笑顔で楽しそうに働いている。

最初はこの辺境の地をより住みやすくしてお母さんやお父さん、きょうだいの生活を楽にしてあげたいなと漠然《ばくぜん》と思っていた。

でもこうしてみんなが幸せになるなら……頑張ってきた僕も報われるというものだ。

アネモネ商会は仕事は忙しくても、ちゃんと規則正しく休息も入れている。休憩時間になったからか、働いていたスラちゃんたちが僕に気付いて一斉に屋根の上に飛び乗ってくる。

「セシルくん～⁉」

驚いて目を丸くするマイルちゃんに手を振り、スラちゃんたちを労って優しく撫でてあげる。

それから夕方まで僕もマイルちゃんを手伝った。

毎日うちで一緒に夕飯を食べるので、マイルちゃんと屋敷に戻る。

リビングに入ると香ばしい匂いが広がっていて、アネモネ商会が頑張ってくれたおかげで、こうして調味料や材料が簡単に手に入るようになったと実感できる。

リア姉とソフィが食器を並べたり、テーブルを拭いてくれていて、僕たちもそれを手伝う。

お父さんと兄さんたちも帰ってきて、あっという間にリビングが賑わうようになった。

料理上手なお母さんが作った美味しそうな料理がテーブルに並んだ。今まで見ることができなかった様々な料理を食べられるのは、やっぱりアネモネ商会のおかげだね。

それと、もう一つ大きく変わったことがある。それは魚類の事情だ。

異世界では水中にも魔物が住んでいて、魚はあまり流通していない。魔道具や氷魔法で運ぶ手段はあるけど、そもそも量が捕れないので流通量が少ないのだ。

しかし、エデン村に引いた川——通称エデン川には魔物が住んでいないので、魚が溢れ返っている。

エデン村には、新しく釣り師となる職を担当する村民たちも現れ、仕事にしつつ、娯楽の一つにもなった。

そこで釣った魚は、前世の川魚のような独特の泥臭さは一切なく、とても美味しい。

村でも大人気食材となったが、それをアデランス町やニーア街でも販売したところ、飛ぶように売れたみたい。

「今日はセシルちゃんのたっての希望で魚料理を中心に作ってみたからね。みんな召し上がれ～」

みんなで手を合わせて「いただきます！」と声を上げて、美味しい夕飯を食べた。

そんなこんなで、アネモネ商会が順調に商売をしていて、平穏な日々が過ぎたとある日。

いつもの日常を過ごしていると、ふとジャック兄さんが木の下で本を読んでいるのが目に留まった。

うちの屋敷には、たくさんの本があるので、みんなよく読んでいる。

最近までは、一日中、稽古していた兄さんたち。今では午前中のみで、午後からはそれぞれ好きなことをしている。

いつも一緒に遊んでいた兄さんたちだけど、最近は三人、別々に何かをやっているのが目立つ。

「ジャック兄さん～」

「ひい⁉」

ビクッとなったジャック兄さんは、読んでいた本を後ろに隠して苦笑いを浮かべた。

「せ、セシルくんか。どうしたんだい？」

「たまたま通りかかっただけだよ？　隣、座っていい？」

「も、もちろん！」

兄さんの隣に座ると、日陰になっていて、涼しい風がとても気持ちいい。

ボーッとしていると、おもむろに兄さんが質問を投げかけてきた。

「セシルくんは……その……将来、こういうことがしたいとかある？」

「将来か〜。特に何かしたいとは考えてなかったけど……でも」

「でも？」

今でも、明確な目標や目的があるのかと聞かれれば、ないと答えてしまうだろう。

でも、それもまたいいというか。前世では両親の仲を繫ぎ止めることもできず、自分の無力さに打ちひしがれていた。気がつけば何も考えず、ただ与えられる仕事をこなすだけのロボットのような……ブラック企業だとわかっていながらも、嫌々ながらも働き続けた。

今世だって目標はなかった。ただ生き続けるためだけ。でもそれも悪くはない。だって——

「生きていれば、必ずやりたいことが見つかる気がするんだ。それに、やりたいことがないわけじゃないもん。お母さんの美味しいご飯がもっと食べたいな〜、って思って森に入ったし、エデン村がもっと賑わってくれたら毎日楽しそうだなと思ったら、こうして賑わうようになったし、その時々のやりたいことをやりたいんだ！」

ジャック兄さんは、何かを言いかけて——村を眺めた。

「兄さんは何かやりたいこと、あるの？」

「えっと……」

スイレンちゃんが従魔になった日。南の森での出来事を話していたとき、一番目を輝かせて聞いていたのは、他でもないジャック兄さんだった。

あのとき、少し残念そうな表情を浮かべていたのが印象に残っている。

「兄さん。ニーア街っていろんな人がいるんだよ？　大司教さんとか、ものすごく偉い人なのに、生きる意味を見出せなくて、不正があっても見て見ぬふりをしていたんだって。でも、大司教さん……すごく後悔しているみたい。僕にはよくわからないけど、女神様の声が聞こえない自分がすごく嫌だったみたい」

「リアもそう言っていたね」

「うん。それってさ。いつの間にか、自分で歩くことを諦めてしまったからだと思うんだ。僕はさ……失敗してもいいんじゃないかなって思ってる。生きて、歩いて、自分がやりたいことを見つけてやる。それにさ。僕は一人じゃないもん」

「一人じゃ……ない？」

「家に帰れば、お父さんとお母さんがいて、兄さんたちがいて、姉さんと妹がいて、スラちゃんがいる。あれからマイルちゃんもスイレンちゃんも、たくさんの人も来てくれるようになったし、それはこれからも変わらないと思う。だから僕は好きなことをしたいんだ」

「好きなことを……したい……」

「ノア兄さんにも、オーウェン兄さんにも、ジャック兄さんにも、好きなことをして生きてほしいな。あ！　でもノア兄さんには領地を押し付けてやるんだから、いい領主さんになってほしいけどね～」

「あはは～。兄さん、最近、領主の勉強が楽しいって言ってたから、いいんじゃないかな？」

「オーウェン兄さんも、最近は釣りしたり、狩りに出かけたり、兵士さんと稽古したりしてるみたい」

「うん。そうだね」

「――ジャック兄さんも、何かしたいこと、あるんじゃない？」

「⁉　そ、それは……」

「じゃじゃん！」

僕は一匹のスラちゃんを、ジャック兄さんの胸元に当てた。

「セシルくん……？」

「スラちゃんがいれば、空を飛んでどこにでも行けるよ！　アデランス町とか、ニーア街とか」

兄さんの目が――ものすごく輝いた。

「お父さんとお母さんから、森とかはダメだけど、スラちゃんを連れてなら、アデランス町とニーア街には自由に行っていいって、許可をもらったんだ！　ジャック兄さんが何をしたいのかはわからないけど、僕は応援するよ！　必要なものがあれば言ってね！　お父さんのせいで僕も財産が――」

「セシルくん！」

兄さんの声が周りに響き渡る。そして、兄さんの目からなにやら覚悟が決まったような、そんな熱い思いが伝わってきた。

「僕……冒険者になりたいんだ！」

「冒険者!?」

「うん！」

それから、兄さんはどうして冒険者になりたいのか、熱く語ってくれた。

まだ見ぬ世界へ、まだ会ったことない仲間と冒険がしたい。いろんな場所に行って、ときには苦労するかもしれないけど、大変かもしれないけど、でもワクワクする心が抑えられないと話した。

兄さんが読んでいた本は、冒険者が主人公の物語の本だった。

ブリュンヒルド家は貴族だ。貴族の子息が冒険者になるのは、一族の面汚しと罵られると聞いたことがある。でも僕はそう思わない。

「兄さん……！　絶対に冒険者になった方がいいよ！」

「で、でも……うちは貴族で……」

「関係ないっ！」

「え？」

「貴族だからって、夢を諦めろというのはあんまりだよ！　もしお父さんとお母さんが反対したら……僕も一緒に家を出るっ！」

「セシルくん……ううん。そこまではしてほしくないかな。でも――ありがとう。セシルくんに話したらなんだか僕も……やっぱり冒険者になりたいなって、覚悟が決まったよ。今日、お父さんとお母さんに話してみる」

「うん……！　僕はずっと応援するからね！」

「ありがとう！」

最近、どこか顔色が暗かったのは、そういう事情があったんだな、と知ることができてよかった。

その晩。

食事が終わり、家族団欒でリビングに集まったとき、ジャック兄さんはみんなの前で、自分の想いをぶつけた。

貴族に生まれ、でも貴族とは正反対と言われている冒険者を目指す。それが、貴族が最上位の社会階層であるこの世界で、どれだけ重要なことなのかくらい知っているつもりだ。

でも意外なことに——お父さんは、小さく笑みを浮かべて、「止めるはずがないだろう？ジャックがそうしたいならそうすればいい、俺も母さんも応援するよ」と言ってくれた。

その日、ノア兄さんは「立派な領主になる！」と宣言し、オーウェン兄さんは「王国最強の騎士になる！」と断言した。

ジャック兄さんだけでなく、二人とも今後の目標が決まったようだ。

ノア兄さんは十歳。あと二年後には学園に入ることになる。それから翌年にはオーウェン兄さんが、翌年にはジャック兄さんが、入学することになるはずだ。

僕もいずれ学園に入ることになるだろうから、三年間の学園生活を前に、やりたいことをしっかり見つけないとね……！　まあ、それまでに見つからなかったとしても、これだけ広い異世界なら、いくらでもやりたいことが見つかる気がする。

その日から、僕たちきょうだいは、各々の目標に向かって、充実した日々を送るようになった。

南の森での出来事のおかげで、僕自身に狩りの許可も出て、東の森、西の森、北の森に出入りできるようになった。

みんなと繋がったおかげで、レベルが上がるわけじゃないけど、スキルの熟練度を上げたり、魔法の練習を行ったりするためだ。

さらに、うちのエデン村、アデランス町、ニーア街に、スラちゃんたちの輸送路を確保して、運搬にも力を入れたことで、住民たちの生活も増々充実していった。

アネモネ商会は、マイルちゃんの手腕のおかげで、どんどん業績を伸ばしていった。各町に支店を設けて、エデン村産の美味しいお肉や素材を格安で販売することで、生活困窮者を助けることにも繋がり、住民たちの生活を、今までよりもよくしてくれる要因となった。

おじさんは、日々、忙しいと不満を口にしていたけど、遠く離れていてもスラちゃんのスクリーンのおかげで、いつでもマイルちゃんと会話ができると、嬉しそうに話していた。マイルちゃんは、エデン村のうちの隣に住んでいるので、毎日、一緒に過ごしている。

きっと、今の環境になってから安心して出かけられるのだろうね。

リア姉とソフィは、よくニーア街までスラちゃんに乗って遊びに行ってる。リア姉が、大司教と何度も生活困窮者のための炊き出しを行っているのは、僕が想像していたよりもずっと貧困者が多い異世界だからこそだ。僕は、改めて多くの人が困っている実情を知った。ソフィはというと、子どもたちを集めて、僕から教わった算数を教える先生になった。ニーア街の子どもたちの計算能力がすごく向上して、子どもたちが、大人たちにいろいろ教えるようになったみたい。

ノア兄さんたちは、今年でメキメキ成長したので、稽古の量をぐっと減らして将来のために、いろいろ学ぶことにしたようだ。ノア兄さんは、領主となるべく経営やら人事やら、いろいろお父さんから習っている。オーウェン兄さんは、衛兵さんたちに交じって村のパトロールに力を入れている。鎧を着た姿はとても似合っていた。やっぱりお父さんの息子って感じだ。最後のジャック兄さんなんだけど、意外なことに――狩りに出かけるようになった。スラちゃんたちと一緒に森で狩りをするジャック兄さんは、とても楽しそうだった。

みんなが各々の好きなこと、目指したいことが少しずつ明確になり、日々を楽しみながら過ごして、平和な日常が過ぎていく。

異世界に転生する前は、想像すらしなかった穏やかなスローライフを満喫し、いつしか前世のことはすっかり忘れて、セシルという一人の人間としての日々を楽しく生きている。

もし神様がいるなら、こんな素敵な世界に転生させてくれてありがとう、って伝えたいね。

僕は、今日も、スラちゃんたちと魔物を倒したり、スイレンちゃんと一緒に日向ぼっこをしたり、マイルちゃんや姉さんたちと甘いスイーツのお店を訪れたり、お母さんと空の旅を楽しんだりと、充実した人生を送っている。


このとき、僕はまだ知らなかった。

僕やリア姉、ソフィが学園に入学することで、まさかあんな出来事が起きるなんて……。

スキル：
スライムマスター＝30071／99999
激励＝2836／9999
危機感知＝312／9999
威圧耐性＝1068／9999
衰弱＝1593／9999
魔王覇気＝371／9999

魔力支配＝コンプリート
天啓＝コンプリート
進化＝コンプリート
疾風迅雷＝コンプリート
魔力回復＝コンプリート

あとがき

初めまして。御峰と申します。

まずはじめに、こちらの本を手に取って最後まで読んでいただき、心から感謝申し上げます。

さらに拙作《せっさく》をよりよいものにしてくださったイラストレーターさん、編集さん、校閲さん、本当にありがとうございました！　私ごとになりますが、最近は常に小説を書いている生活を送っております。

そんな中、ただ書くだけだとどうしてもネタ切れや感覚が偏ってしまうこともあるため、普段から動画をよく見るのですが、その中でも一番見ているジャンルが旅動画でございます。

中でも外国に行ってみた動画をよく見ていまして、初めて見る文化や街並みの雰囲気、料理、言葉が通じない中で身振り手振りで意思疎通を図る場面など、どれも新鮮でワクワクしながら見ております。私自身はドライブこそ好きですが、基本的にインドアな性格のため、とても外国旅はハードルが高いですが、いつか機会があったら行ってみたいなと漠然と思っていたりしています。好きなチャンネルの中に外国の田舎に住んでみた、という動画がございまして、首都などの大きな都市を旅してみた動画が多い中、そちらは外国の田舎の美しい風景を映してくださいます。

はい。実は当作品のインスピレーションを受けたのが、こちらの外国の田舎動画になります。

私が住んでいる街の周りにも大きな山はありますが、それを遥かに超える圧倒的な巨大山。

他にも田舎ならではの近所付き合いだったり、イベントだったり。

それらを見ていると、そういう田舎に住んだらまた違う楽しさと不便さがあるんだろうなと思ったときに、ひらめいたのが当作品でございます。

当作品は自分の好きをもりもりにして書こうと思ったので、人生で初めてやったポケ○ンで相棒にした可愛らしい子猪（やがて何故か仁王立ちしますが……）だったり、スライムをたくさん出して主役にしようと考えたり、お兄ちゃんとお姉ちゃんと妹がいたらいいなという願望だったり……（弟は自分が弟になりたいから出なかったりしてます）。

書いてて非常に楽しく、主人公であるセシルくんは、前世の記憶があるものの、柵から解き放たれて自由奔放に周りを巻き込みながらも、仲間たちを大切にする姿に、書いていながら感動してしまう場面も多くありました。

まだまだ一巻が始まったばかりですが、これからセシルくんがいったいどんないたずら（？）をしていくのか、作者もとても楽しみにしながら、これからも連載を頑張っていきます。

最後にもう一度になりますが、まだ始まったばかりの一巻を手に取り、応援してくださり、心より感謝申し上げます。ありがとうございました！


御峰《おみね》。

超辺境貴族の四男に転生したので、最強スライムたちと好きに生きます！
～レベル０なのになぜかスキルを獲得していずれ無双する!?～

2024年3月22日　初版第１刷発行

著　者　御峰。

発行人　菊地修一

発行所　スターツ出版株式会社

〒104-0031　東京都中央区京橋1-3-1　八重洲口大栄ビル７F
TEL　03-6202-0386（出版マーケティンググループ）
TEL　050-5538-5679（書店様向けご注文専用ダイヤル）
URL　https://starts-pub.jp/

印刷所　大日本印刷株式会社

ISBN　978-4-8137-9317-5　C0093　Printed in Japan

［御峰。先生へのファンレター宛先］
〒104-0031　東京都中央区京橋1-3-1　八重洲口大栄ビル７F
スターツ出版（株）　書籍編集部気付　御峰。先生